廖鴻基

黑潮漂流

這條路上，浪漫不過是不切實際的代名詞，
漂泊根本是失敗、失意者的行為，
流浪，一定是魯蛇，
而漂流呢？漂流就是集所有不切實際、失敗、失意、魯蛇之大成。
但是我覺得，自己這輩子最值得拿出來談的，
就是這些浪漫、漂泊、流浪和漂流的故事。

自序

流浪到漂流

個性容易緊張，一緊張講話就結巴，小時候常被取笑「大舌𩟔講話」；復以年輕時生活困頓，人情冷暖點滴在心，內心累積了些挫折，言行更是退縮。

不喜歡群體，不愛熱鬧，常縮躲在人群社會的邊緣角落。這個位置比較不會被看見，不會被拿來比較，不會被嘲笑。

高中畢業後沒多久，有了個念頭，想把花蓮到台東的海岸，一步步都走過一遍。於是，很長一段日子，自我放逐似地常在海邊流浪，假期有幾天，就野人般獨自在海邊生活幾天。

誰願意離開溫暖方便的家，誰又願意在曠野中日曬風吹雨淋？

慢慢發現，海邊孤苦獨行，身心受點苦，但不用跟人講話，不會被取笑，無須看人臉色。心情逐漸自在。

海邊流浪的日子，心思常在遠方漂流。

心思在遠方漂流的三十多年後，二〇一六年八月，經年籌劃，順利完成了難度頗高的「黑潮一〇一漂流計畫」。

從年輕時海邊「流浪」，到去年執行黑潮「漂流」計畫，東部海岸和黑潮海流之間距離不過數十公里，流浪到漂流，短短這一段，黑髮而白首，之間竟浪蕩起伏了三十多年。

空間距離不遠，但這輩子在海、陸兩個空間，以及在海域裡多層次的種種跨越，之間的穿梭和跌宕，於我而言，直如長浪跨洋後，臨岸激起的聳昂浪濤。

從城市到海岸，海岸到沿海，沿海再到遠洋，層次演繹了我個人生命因嚮往海、接觸海，而在性情、質素與能力上的多重有感變化。

三十多年來以海洋為主要生活領域的各種海上經驗後，發現容易緊張的個性逐漸轉而從容，退縮夙習逐漸轉變為樂觀進取，儘管言行依然低調，但必要講話時試著盡力表達，該做的事，瘋勁傻勁認真努力埋首堅持到底。

從海邊流浪到海上壯闊漂流，這些海海歲月留下不少彷若天空雲跡、海面波紋的折轉情事，我試著以探觸新領域的新鮮感和新奇感，由於口語表達有缺陷，於是以文字來敘事敘情，勤快做筆記，得空時，便將這些筆記整理成文章。

沒想到如此有感而發地留下了二十餘部海洋文學作品。

海邊流浪和航海漂流，留下了顯著的腳跡與船痕，不少人以為這是個性浪漫所致。也有人以為，是一輩子漂泊的命底。

其實，一步步都在觸探和自覺，一步步都在摸索前進，一步步都在為窘境掙扎脫困。常鼓勵自己，資質不佳，書又念得少，必要以腳、以心，以行動不停地向外探索以為彌補。

這些年來的生活型態，或可以「居無定所」來形容。

「家」在花蓮，但家是個點狀意念，是我心頭山與海的所在，是每趟線狀的遊跡後必然要歸返休息然後重新出發的原點。

南來北往，海上、陸上，時常穿梭於不同甲板，不同車廂，以快慢不同的節奏和移動速度，以各種不同的車輪子和槳葉，在不同的空間裡頻繁往返。

每每晨起將醒未醒之際，常恍惚自問：「這是哪裡？」

鄉村到城市，舟筏與船舶，陸地到海洋，有位朋友就直接說了：「根本是個浪人。」

我還開玩笑說：「浪人那個『浪』字，發音務必精準才好。」

無論如何，「浪漫」或「漂泊」，「流浪」到「漂流」，這四組八個字都從「水」字邊。

這輩子與水與海有緣。

「黑潮一〇一漂流計畫」，於二〇一六年八月二十二日清晨自花蓮港出發，並於二〇一六年八月二十七日晚間返回花蓮港。

漂流團隊自台東大武外海，搭乘黑潮，以無動力方式順著黑潮往北漂流，越過花蓮外海，漂抵宜蘭蘇澳外海，順利完成計畫。

這趟黑潮漂流計畫，是我過去所有執行過的計畫中算難度最高的，但出乎意料之外，縱然有些小波折，但仍以流暢的節奏順利完成計畫。

若以摩天大樓的樓頂來形容數十年來現代化帶領我們島嶼社會快速爬升的高度，以這個高度來看，漂流計畫放掉動力、放掉方向、放掉效率，形式上可說是退回到這棟大樓興築前的地表以下。

數次遠航經驗後，我清楚認知，現代航海，我們是以高科技的船舶航行於原始的曠野大洋。以現代化的陸地思維，我們難以理解，為何海盜事件無法徹底解決，又為何謎一樣的船舶失蹤事件持續發生。

而漂流計畫是以原始念頭、以簡單筏具，漂流於原始的曠野大海。

專家說，人類在陸域上的開發，幾乎已達飽和、已達臨界點狀態，儘管海運巨船早以穿梭於全球所有海域，但大海的寬深和奧祕，仍保有許多人類開發至今依然無以置喙的原始和神祕。

跟過去執行海上計畫的感覺很不一樣，這趟漂流，確實是將自己從人類習常的高度，拉低、放扁，置入於相對原始的曠野和彷如遺世獨立的情境中。

我們遠離陸地，遠離現代文明，漂泛於無所依賴且不確定的大洋曠野中。

漂流計畫從籌備一直到執行，我的心，從些許畏怯和不安，經過一年籌備後，慢慢走出自信。下海漂流後，身體貼近海，貼近原始，也更貼近自己的心吧。這場漂流途中常隱約覺得，有一對眼，從空中看顧陪伴著我；也有些時候，感覺到這股玄祕的力量還順勢推了我們一把。

我沒有特定的宗教信仰，多年來以大自然為師，學習尊重。也許是因為漂流計畫的不確定性及難度都超越過去經驗吧，這是第一次，如此近切地感覺到天地大海的神性。

海洋不確定因素確實高出陸地許多，海上的各種狀況支援也不如陸地上來得方便，海上計畫多少帶點冒險性，因此，必要更縝密的思慮，更周詳的規劃，更大膽的決策，以及更細心謹慎的執事。

漂流後，一年很快過去了，我開始回頭細想、整理筆記並記述整個漂流過程。

意外發現，漂流不是單一為了解黑潮而進行的探索計畫，這計畫所牽扯的，還包括個人這輩子因海的生命起落，以及因為一階階不同形式、不同層次的涉海、讀海，而反映於個人行動和思想上的多樣變化。

雖已耳順之齡，漂流後這一年來，我更積極於生活的探索。這一年來去學了滑雪，走更多山徑，練習慢跑，還參加了浮潛看大翅鯨的活動……

漂流後清楚自覺，關於過去累積在心理和身理上的一些不自知的沉鬱和僵固，沒想到的是，漂流計畫竟也含帶以行動突圍、鬆綁、解脫而重獲自由的意象和價值。

漂流後至少明白了，生命必須擺脫束縛，不斷更新，不能再受限於身體、受限於年齡、受限於意識、受限於生活。

生命必要更自在、更自由地繼續漂流。

計畫難度高又能順利完成，除了老天大海的眷顧，不可少的是許多人的支持與努力。

藉此序言，特別感謝漂流計畫的每一位贊助者，感謝主辦及各協辦單位，以及漂流團隊每位伙伴的協力與付出。

沒有你們的支持與協助，就不可能順利完成這趟開創性的黑潮一〇一漂流計畫。

本書將於書末附錄所有贊助者與主辦、協辦單位，以及漂流團隊人員名單，衷心表達謝忱。

你們為海洋台灣留下一筆深刻的海洋探索紀錄與榮耀。

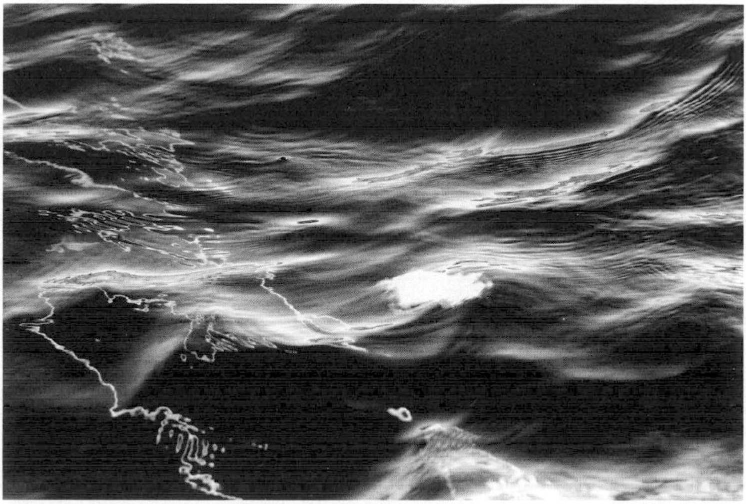

攝影／陳冠任

黑潮漂流

目錄

0 同類

清晨捷運上，車廂裡八成是趕早的年輕學生。看書、滑手機、假寐，各占三分之一。

車門邊站一位女孩，白衣黑裙，簡單一束馬尾，單肩揹一只黑色書包，儘管大城市裡地下捷運窗外沒啥風景可看，她仍緊盯著車門外呼嚨嚨流過的暗，心思似乎不在車上。

列車進站了，一陣鐵軌擠壓磨擦聲中，車身搖晃。

女孩的書包離身盪了一下，她立即轉頭伸手，但來不及按住。如水袋子顛簸，黑色書包裡潑出了一團水。

隨著水團落地，一條春魚，被潑灑在地板上活生生翻跳。

整個車廂仍然看書、滑手機、假寐，除了我，似乎沒人看見這水落魚躍的一幕。

女孩眼神些許不安，她左看、右看，發現除了我，確定車廂裡沒有其他人注意到這起潑水意外。

她緩緩蹲下，有點羞赧地拾起這條在車廂地板上彈躍的春魚，悄悄放回書包裡。拾回春魚的剎那，女孩斜抬頭，似笑非笑地恰好與我對望一眼。這一眼，就這一眼，我完全明白，這女孩與我同族同類。

1 意義

記得二〇〇三年執行「繞島計畫」。一群人，一艘船，一個月時間將島嶼航繞一周。

當繞島船舶航行到西部某漁港，工作船繫綁在一艘當地漁船舷側，鄰船船長探頭來問：「哪裡來？」

「花蓮來。」

船長好奇又問：「啊你們在做什麼？」

當我簡要說明了繞島計畫後，沒想到，船長的回應竟然是：「啊你們吃飽太閒喔。」

也許，生計以外的許多事，有人會以「吃飽太閒」或「吃飽換夭」來形容這些無關溫飽的閒事。

海洋這領域，不僅被這位傳統老漁夫，也被這島嶼社會普遍認為既是危險領域，也是拚魚搏生活撈海鮮的場所。所以沒事開船繞島嶼一周，被認為是吃飽太閒。

照顧自己或照顧一家子溫飽是基本責任，我以為，現代人求生存不是問題，海洋當然不會只是冒險搏命或拚海鮮的場域。

當年那位老漁夫大概不曉得，因沿海魚類資源快速枯竭，繞島計畫那年以後，島嶼沿海的漁撈活動將急速萎縮到幾近停擺狀態。開放沿海為島嶼多元生活的場域，同時降低沿海漁撈壓力，是必要的轉型。

先行者，常被認為吃飽太閒，當回頭看時，這些事不僅有意義，而且往往還很有意思。

繞島回來後，我將這趟繞島的航跡畫在台灣地圖上，很明顯地，島嶼變大了。

島嶼必要以具體行動，將我們的思維以及生活疆界，從海岸往外推到沿海，並習慣將沿海視為當然的生活領域，這領域才會有更多元的參與和關懷。

島嶼必須愈繞才會愈大。

每回計畫執行初期，為了爭取支持，必須四處拜訪並做計畫說明，這期間最常被問到的問題是：「計畫意義？」

對習慣以陸地思維的島嶼社會，說明海上計畫的意義，確實常有隔閡，說明並不容易。因此先陳述一段繞島往事，為的就是要來比襯「黑潮一〇一漂流計畫」的意義。

先用八個字簡單形容漂流計畫的執行方式：搭乘黑潮，閱讀黑潮。

也先概略介紹一下黑潮：黑潮是地球上的主環流之一，是影響台灣環境和生態且持續永恆的最大天然力。島嶼上的一草一木都深受黑潮影響，島嶼上居民的心性與生活環境當然也都與黑潮密切相關。

但這島嶼過去因長期政治戒嚴，海防森嚴，又長期缺乏海洋教育，島嶼社會已習慣將海洋視為拚海鮮的場域，以及「水深危險，閒人勿近」的危險領域。

若以個人現實利害來說，我們已逐步失去海洋天賦、海洋優勢可提供給島嶼人民的發展潛能。但直到今天，島嶼社會似乎仍不自覺，長期背對海、疏離海所造成的損失是什麼。

從海洋環境、海洋產業、海洋活動、海洋文化、海洋精神到海洋藝文，一層層來檢視，敗壞的敗壞，設限的設限，被邊緣化被消失，不是稀少，就是缺乏或枯竭。這島嶼社會，一路走過數百年，幾乎是集體背對著海。

背對海的島嶼，好比受限在缸子裡徘徊找不到出路的水族。

漂流計畫的意義，期望能透過黑潮漂流行動，進一步了解黑潮，並倡議及累積島嶼向海探索、向海發展的能量。

若以感性的文學語言來描述黑潮漂流計畫的意義：一旦讀懂黑潮，我們的心將重新浮現一座島嶼，和不再迷航的自己。

當島嶼轉過頭來面對開朗展放的海闊天空，島嶼的氣度、島嶼的發展格局必將有所不同。

被拜訪者聽過計畫意義說明後的回應，起落差異頗大。

不少人直接讚賞計畫，並慷慨地實質支持計畫。他們說：「完成這樣的計畫也是我的心願，讓我們以實際支持做為鼓勵，託付你們來幫我完成心願。」如此一席話，常讓我心頭一陣炙熱。

也有不少受訪者慷慨提供許多點子，給了許多建議，讓計畫更為妥切可行。

也有朋友關心說：「這太瘋狂了、太浪漫、太冒險了。」

有位朋友直接說：「這是不可能完成的計畫。」

有位遊艇業者聽了計畫說明後，不以為然地說：「無動力漂流喔，保證翻覆。」

也有些拜訪對象，會習慣性地以指導者或監察者角色質疑計畫細節。

也總有人不客氣回應，給臉色並直接說：「為什麼我要捐錢給你去漂。」

各種回應，為了計畫，只能感恩面對，或盡量試著耐心多做說明。

每回拜訪後心底參差，有人期許且信任地將計畫任務託付給我們，有人祝福，有人給意見，也有人看待漂流計畫不過是成就個人名聲的作秀舞台。

以上皆是。

計畫若能順利完成，計畫意義張顯，計畫成果或許成為島嶼海洋探索史上的重要紀錄，參與人或計畫主持人多少也分享了榮耀。但計畫若不順利、出意外，或最後無法如預期完成，除了顏面無光有愧於贊助者、協力者，除了再也不會有下一次贊助機會的信用破產外，恐怕還得收拾殘局，並實質承擔責任。

黑潮的流速、流量、流向，真的如資料上所說的這般穩定嗎？黑潮會不會將漂流團隊往東、往外，帶往茫然無垠的大洋裡去？會不會出發後漂流團隊只能在出發原點打轉，根本漂不出去？黑潮會不會帶我們撞向陸岸擱淺？大洋裡漫漫漂流期間，若遇颱風或惡劣海況將如何因應？漂流平台果真翻覆，將如何處置？漂流過程中若有人員受傷或出意外，將如何搶救及快速後送？政府諸多有關單位到底會核准，還是以無前例可援為由，禁止這過去從來沒人做過的海上漂流計畫？

一個走在前面的開創性計畫，可以參照的資料不多，必然有許多疑問和假設。相對地，主事者就需要更多的想像、勇氣、熱忱和耐心來做說明及爭取支持。

計畫意義通常是多元且多面向的，從計畫順利抵達目標所呈顯的島嶼積極向海探索進一步了解黑潮的最大意義外，也可以細微到團隊成員因執行計畫而激發出個人自我改變的小小意義。

無論如何，計畫不確定因素也許龐雜，但計畫所呈現的任何意義，我心裡明白，人為能掌握的部分，將會是十分明確的因果關係。

2 嚮往

學生時代寫過不少篇類似的作文題目：「我的志願」。我最常寫的志願是「燈塔看守員」和「巡山員」。

看班上同學的志願大多是科學家、企業家、藝術家、教授、老師等等，還有不少同學的志願是當總統。我的志願始終渺小，想當一個能獨自走在山裡頭巡守山林的巡山員，或獨自守住一方鼻岬看守一座燈塔的燈塔看守員。

邊緣角落的心性，讓自己的行止習常背離繁華。我的家，花蓮，一邊山，一邊海，一旦背離了人的世界，我的視線、想望和探索接觸的範圍，自然而然地與山與海有了更密切的接觸機會。

久而久之，發現自己與人情社會較為疏離，而與山海及大自然較為密切。人的姓名、長相或與人相關的種種，比較不容易記得；人世中的恩怨情仇，也漸漸地不會以太多情緒面對。但對於花草樹木蟲魚鳥獸，不曉得為什麼，時常直覺地就能喊出牠們的名字，或是透過接觸和觀察，便能有感於牠們的生活樣態和行為。那天參加活動，聽一位高中生說：螞蟻很會裝死，碰牠一下就停在那兒裝死，你一離開，牠就趕快爬起來跑。大概就像這位高中生吧，我的觀察常落在這些邊邊角角的事物上。

長久以來，與我深入對話的並不是人世社會，而是城市以外的天空浮雲山嶺植被以及深邃奧祕的海洋。

小時候常抬頭看著山嶺說，有一天爬到山頂上去，用不同於平地的視野，看看這座島嶼。東部斷層海岸，整排山都站在海邊。海邊流浪的日子，常有機會站在陸地邊陲的岬角高點，安靜看海。

岬角上，眺望海天盡頭，心裡想，那裡是否存在另一片更美好的世界？那裡，海洋是否為我準備了豐盛的寶藏等我前往？

如此邊邊角角的志願，讓我在成長過程中喜歡攀山越野，喜歡到處走四處看。儘管巡山員或燈塔看守員的願望從來不曾實現，但我曉得，長時高處望海形同守候，慢慢發現，自己也成為岬角上的另一座小燈塔。

這座小燈塔，不為了警示或指引船隻航線，這座燈塔站在我崖邊心底，讓我一輩子陪伴海、守望海、嚮往海。

常在岬頂高處眺望海天之際，對遠方那片時而接近時而遠離的深色海水感到好奇。

這片深色海流，與沿海的淺色水域顏色明顯差異，之間，夾成水色分明的一道界線。一開始我以為是海床深淺所造成的光色變化，後來發現，這道界線始終是漂動著的，而且變化多端。

這股深色海流，時濃時淡，時而泊近岸緣，時而遠離天邊，經常與岸邊平行，有時又以不同斜角甚或垂直角度與島嶼岸緣交會。

海洋彷彿有股我們無從得知的意志和動機，並以無比龐大的能量，稀釋或凝鍊這片深色海流的濃淡，以及推湧或拉拔這片海流與我們岸緣不同角度的離去或泊近。

海邊流浪的日子，常讓我感受到，海洋藉由拍岸濤聲不停地想告訴我什麼，而這股浩瀚水流的濃淡、離近與多角度變化，是否也是大洋源源不絕地想向我吐露更深沉的訊息。

許多年後才逐漸明白，這水色差異現象，是由深色的大洋水團，與岸邊淺色的沿岸水團交會及相互推擠所形成。

不同水團，體質不同，可能懸浮物多寡不同，可能水溫、鹽度、流速、流向各不相同，因此水團間經常形成一道蜿蜒的交界線，一般稱為「海流交界線」，簡稱「流界線」。

這道流界線，島嶼漁人通稱為：「流循」或「流隔仔」（河洛音）。

也漸漸明白，台灣東部沿海面對深達五、六千公尺的海盆地形，海床夠深，使得流經台灣東部海域的大洋海流得以迤邐近岸。這股海流，高溫、高鹽，名為「北赤道暖流」，因懸浮物少，水質清澈，光線穿刺深入，吞下了繽紛色彩，水色經常凝重，而被稱為「黑潮」。

後來，好些年在台灣東部海域捕魚，常在黑潮裡作業。

好幾次，當船隻邁過流界線進入黑潮主流，除了海水顏色和海面波浪的明顯差異外，船速立即就改變了。船上的我敏感知覺，航進黑潮裡的船隻，一下子就被船底下一股深沉巨大的力量給抓住了。

黑潮畢竟源自大洋，流量和流速，氣勢果然非凡。

像是從平靜的湖泊航入湍急的溪流，船隻邁入黑潮流域後，船邊的浪流忽而洶湧許多，湧浪汩汩拍擊船腹，那不歇不息的勁道直透甲板，麻顫顫地自我腳踝上攀。

這時，我的身體、我的心情，也即刻被她給抓住了。

當我意識到，人體血脈不過是人身軀體裡的小循環，而舷外的黑潮海流是地球上的大循環。此刻，兩個大小循環隔著舷牆相倚，幾分像是外太空也能清楚看見的一顆超級颱風渦旋，她的邊邊角角，有顆即將被瞬間吸入且消融殆盡的小氣泡。

我的小血脈搭乘孤舟，航行於大洋之中，一次又一次如此貼近地感應到黑潮的脈動。

多少大洋浮游生物跟隨黑潮循環漂流，從眼睛看不見的單細胞生物，一直到數十公尺長、數萬公斤重的巨鯨。

多少次，當我以一葉孤舟浮泛於不停湧動、不息流轉，彷若地球主動脈的龐碩能量上頭，我曉得，船腹底下迴旋盤繞著的是如星體間龐大無聲的恆動力量。

受那巨大的能量吸引，我的心，早已翻越船舷，融入水裡。

我知道，此刻的心思儘管如何微不足道，但何其幸運，我是融於這場大洋循環，參與了這場大洋盛宴。

根據資料，黑潮大約兩百公里寬，七百公尺深，流速每秒達一公尺到兩公尺之間，每秒流量大約六千五百萬立方公尺，水溫大約在攝氏二十四度到二十六度之間。

這股浩瀚溫暖的能量，流通島嶼血脈，也時常直透甲板激動我的心情。

我曉得，這一刻我的氣數、氣場和周身能量，完全聽她擺布。

在黑潮上作業，常覺得自己身心這顆電池，在此能量場中因感應而充飽了電。

難怪老船長常因漁獲的枯榮而感嘆：「人喫嘴水，魚吃流水（做人講究的是會不會講好話，流水好壞則直接關係漁獲的豐收或歉收）。」每當黑潮近岸，老船長心裡明白，這天豐收的機會將增加許多。

最近有份氣象資料顯示，黑潮異常，偏離島嶼，這段期間島嶼東部的賞鯨船，海豚發現率從原有的九成，驟降到約六、七個航次看不到任何一隻海豚的情形。也記得前幾年，在旗魚汛季發生過黑潮擺盪離開島嶼沿海的情形。那年，旗魚漁獲量跌到數年來的谷底。

島嶼沿海因黑潮離岸而失去生機，也因黑潮近岸而充飽了電。

這明顯的大洋訊息，老船長收到了，黑潮裡浮游的所有生物以及沿岸棲停的每隻魚蝦都收到了，甚至潮間帶或河口受陸域也受海域滋養的微生物也都清楚明白，黑潮來了，或黑潮離開了。

黑潮累積的能量，透過升溪或降溪型水族，穿越河口，隨溪流河川伸入、深入陸域。

黑潮帶著海神的祝福，帶著湍湍大洋千百浬累積的養分，旁過島嶼或深入島嶼內陸。

後來，從事海上鯨豚觀察多年，進一步知覺，黑潮關係著鯨豚躍浪身影的頻密或疏離。沿海每隻鯨豚都清楚明白，這裡是黑潮流域，牠們也都明白，黑潮關係著這座島嶼的枯瑟或繁榮。

恐怕只有島嶼上的我們，並未知覺黑潮的存在，也未曾知覺黑潮為島嶼帶來的種種滋養。黑潮千百浬外就指向島嶼洶湧而來，風起時她即時反應，掀起滔天巨浪，風息後，她喘息、嘆息一陣子後才舒緩回復。

多少次，看著大洋性浮游生物跟著黑潮，隨不同季節，接近島嶼沿海，然後又順著黑潮離去。假若島嶼是大洋宇宙中的一顆星體，這些浮游生物就是大大小小不同光度的彗星，他們搭乘黑潮軌道，以不同頻率和不同速度，紛紛接近我們的島嶼。

有些留下來棲息繁衍，逐漸成為島嶼住民，有些隨後又跟著黑潮離去。

台灣海系原住民也是不同時代分別來到的彗星，他們的祖先分批上岸，選擇島嶼為家，成為先民。也有些從島嶼離去，跨洋遷徙，散布到如藍綢緞子上諸多綠鑽般的太平洋小島。

黑潮裡這些來去的先民以及浮游生物，他們如何來到，又如何離去？他們從哪裡來，後來又去了哪裡？他們圈繞盤桓的漂流心思，可曾預設這座島嶼？或只是不期而遇？

我心裡想，一旦島嶼願意進一步探索這些來龍去脈，島嶼上的我們，或許將以「大洋中繼與轉運站」的角度重新看待這座太平洋西緣的重要島嶼，也將明白，選擇留下來成為島嶼先驅的諸多因緣。

許多年來融在黑潮裡生活，閱讀黑潮，也書寫黑潮。

黑潮的大洋氣魄，讓島嶼長了志氣，不再狹隘。

黑潮高溫高鹽體質貧乏，她資質不佳，但靜靜默默，從不曾停止對台灣、對地球付出她的貢獻。她是地球主要的能量傳輸通道，攜帶龐沛的動能、熱能和水氣，接近台灣，影響島嶼上的一草一木，也深刻影響我們的心性。

我曉得，謎樣不為人知的台灣海洋身世，與黑潮必然密切相關。

關於天候的、環境的、生態的、人文的、歷史的。

我也猜想，自己一輩子探索不得的生命答案，黑潮裡應該可以找到。

多年黑潮生活後，發現自己的改變。

當初因憤世而逃離陸地，沒想到，黑潮裡奔波數年後，海上回來的我，積極重返人世。

一九九七年推行賞鯨活動，除了提升海島與鯨豚對話層次的生態用意外，也希望藉由鯨豚的生態之美當做橋梁，讓不親海的島嶼居民受這些海洋動物明星的吸引，願意踏上甲板航行出海，並進一步因實際接觸黑潮而看見島嶼的海洋種種。也許，島嶼向海最困難的一步，就如此這般不經意地踩了出去。

儘管當年推賞鯨活動時，遇到許多人為阻力，包括好幾位學者、教授和官員。記得當時有位在中央任職的朋友評估我不可能是這批人的對手而勸我放手，但黑潮教給我，該做的事無須遲疑，儘管默默堅持到底。果然賞鯨活動二十年後，單單花蓮港估計至少有五百萬人次搭乘賞鯨船航行於島嶼海域。超過五分之一的島嶼居民終於有機會攀搭上先祖們的航跡，航行一段大洋中的黑潮軌道。當年的反對者，有幾位還回過頭來沾一些賞鯨活動二十年累積的榮耀。

一九九八年籌創「黑潮海洋文教基金會」，看到一批批年輕伙伴，踏上甲板，航行出海，成為鯨豚觀察員、解說員以及海洋志工。一年年累積，我發現，無論年紀差別，我們都有了黑潮和陽光的膚色和表情。

我相信，黑潮將改變許多人的生命航向，只要更進一步探索黑潮、閱讀黑潮。我始終相信，黑潮是改變個人，也是翻轉島嶼命運的重要關鍵。

黑潮流域是我這輩子重要的生活領域，也是給我第二口氣、給我新生機會的主要場所。接觸黑潮多年後，清楚認知自己的使命，並積極努力於媒介更多島嶼居民認識及尊重黑潮。

進一步探索黑潮的心願，多年來一直放在心上。「黑潮一〇一漂流計畫」，就是常存於我心頭，關於黑潮探索的重要一步。

心底始終念著黑潮，岬頂上或甲板上，遙望或實際接觸。

我曉得，平均每秒一到兩公尺的流速，讓我這一刻看著的黑潮海水，不過眨個眼，我眼裡再出現的已然是完全不同的水體。

每秒六千五百萬立方公尺的流量，我眼前這快速挪移、搬動的，可不是一壺水或是一桶水，而是比一池子水、一湖水超過千萬倍的水體大挪移。

如此龐沛的能量，又如此近切，這整個出現在我們眼前的瞬息巨變，黑潮完全靜默無聲，悄悄進行。

我的心被她的玄祕與低調緊緊給抓住了，這將成為我一輩子嚮往的生命型態。

我盡力嘗試，讓自己微渺的心性，臨摹浩瀚黑潮，心中常盈滿那靜默的動能和熱能，也常感應到那不張揚但澎湃的流速與流量。

3 漂流

我的海洋書寫與海洋行動並行。

藉由一趟趟海洋探索，觀察及感受，再以文字表述，留下海洋文學作品。

年輕時捕魚，寫了幾本關於魚和漁的故事，後來從事鯨豚生態觀察及推動賞鯨活動，寫了幾部以鯨豚為主題的作品。實際接觸海不到十年，我的航跡已橫越大洋。接著，描寫了以遠洋漁業和遠洋貨櫃海運為主題的作品。近幾年回過頭來，書寫台灣的海洋活動以及海洋寓言故事。

無論探索或書寫，也許是處於持續的行動狀態吧，每當做完一件計畫，完成一部作品，最常被關心的問題是：「接下來要寫什麼？或者，接下來有什麼新的計畫？」

「海那麼寬，海那麼深，一輩子再怎麼認真努力地航行，也航不遍大海的每個角落，海洋是個如何也探索不盡，書寫不完的寬敞領域。」這是我的標準答案。

有次在某講座後的自由交談時間，有位讀者忽然又問：「接著寫什麼？接著打算做什麼計畫？」大概是正忙於跟其他讀者互動，也或許前述的標準答案並不適合在這樣的非正式場合回答，我隨口直接回答說：「接著用漂的好了。」

這些年因海上生活或執行計畫，搭乘過不少種船筏，從沿海漁船到數萬噸級的越洋貨櫃巨舶，之後，曾想過，或許來試試「非機械動力航行」。

非動力航行的念頭，應是來自對島嶼古早海洋的想像。我常想，當蒸氣機、內燃機尚未發明以前的非動力時代，島嶼的祖先們啊，除了運用風帆等天然力，他們如何一槳一槳地划上岸、划下海，又如何一槳槳地划過島嶼沿海。

有了念頭為起點，接著就會有實際行動。後來學會了獨木舟操作技能，並積極參與了獨木舟環島計畫，也實現了一槳槳划過自己家鄉沿海的心願。

隨後，念頭又動了：找個機會，試試以無機械動力且非風帆、非划槳方式，隨海流漂過自己的家鄉海域。

「接著用漂的好了。」講座後如此不經意地隨口應答，往往最真實地反映了內心長久存在的想望。

想望漂流，並不單純只是因為不曾漂過而想要嘗鮮。

一九九六年出版的第一本書《討海人》，書中就描寫了海難漂流故事；一九九八年出版第三本書《漂流監獄》，更直接將漂流故事寫成小說並化為書名；到二〇〇九年出版的《飛魚・百合》，書中更是一再出現漂流情境與漂流場景；上一本書，二〇一六年出版的《海童——一本漂流的想像誌》，寫的是搭乘想像的鰭翅，讓念頭無遠弗屆地漂流。

漂流念頭，一直在我心底。

過去捕魚年代曾獨自開船作業，有次因引擎故障，船隻失去動力在海上漂流。那年代船上沒有對講機，也沒有手機，我在甲板上慌張地感覺船隻受黑潮牽引，往北、往外快速漂走。

漂流一段時間、一段距離後，當我回頭看著家鄉山頭愈漂愈遠、愈漂愈小，心裡頭忽然響起：「再漂下去恐怕就上不了岸，回不了家了。」

記得，當時心裡一片蒼涼，好幾次衝動地想下海拚個機會，游回岸上。

但理性及時阻止我，我曉得，人的體能及游泳能耐，如何也無法與黑潮這股浩盛的海流相抗衡，失去船隻為浮具，將很快耗盡體能、耗盡體溫，那恐怕就會是一場被剝奪生命後無盡黑暗的漂流。

那天，發現船邊陪著我一起漂流的，有好幾根漂流木和幾片海藻。但陪伴只是一陣子而已，它們紛紛越過我的舷邊，以各自不同的相對速度愈漂愈遠，很快地，便完全失去蹤影。

儘管只是短暫相依，也許因為「同是天涯淪落人」的情緒吧，它們的離去，讓我覺得彷佛失去同伴，特別感到孤單。

但是很快地，又有別的漂流物漂來我的船邊遞補。同樣地，它們也很快就要漂流離去。

這讓我想到自己在人群社會裡的生活樣態，無論何種關係，無論如何親近或疏離，不也是一波波接近，然後又一波波漂走嗎？自己的人世生活，不也幾分像是陸地人間的另一場漂流嗎？

這些來去船邊，與我曾經一起漂流的人或物，心思各自不同吧，大多數的漂流者應該跟我一樣，不小心淪為漂流狀態，不知所終。有些漂流者或許已經知道漂流終點，可能也有些漂流者清楚知道終點後，反而選擇放棄方向，繼續漂流。

會不會是因為漂流者心思各自不同，各別內在的生命重力與外在阻力也不盡相同，所以漂流行進中的生命樣態也就有所差別。

岸上世界，風影來去無蹤，較不容易比較出生命輕重與阻力的關係。大洋裡漂流，黑潮貼身涮過，如在清檢，有一些乘著浪流步履輕快，也有些漂流者如我，因為對於未來存著未知的不安和惶恐，這將形成的生命負擔，行進樣態因而滯礙困頓，如何也輕快不起來。

當時年輕，又在危及生命安全的不安漂流狀況下，無法細想太多，只隱約曉得，漂流是有別於正常生活軌跡外的異常狀態。

這場意外漂流讓我知覺，此時此刻，不得不放下某些一輩子以為是既定而僵持的思慮，不得不暫時將前途交給大海、交給命運做決定。

漂流無法決定方向，無法掌握速度，有點像是在正常行進間忽然抽掉油門，放掉舵盤或把手。這對於已習慣掌握方向及行事效率的我們，可說是放手隨波逐流。

這場漂流，讓我受迫而不得不暫時放開一直緊緊握住的掌心。

當習慣緊握的生命忽然被改變，很快就感覺到，原以為的無缺，忽然空出一大塊來，生命某些部分忽然鬆掉、虛掉、垮掉的感覺。

後來，當我生活遭遇困境而感到身心沉重時，常想起之前因引擎故障的那一場海上漂流。

有時，我會刻意鬆手、放手，讓身心漂流或流浪一段，因位置的改變，因節奏與速度的改變，造成視角與觀點的改變，當重新面對問題時，常有意外驚喜。

過去當漁夫捕魚時，來到漁場，船長最常做的事，就是鬆掉油門，退掉離合器，船隻「放流」（隨海波漂流）。

船長先放掉自主，漂流一段，藉以判別外在的流向、風向、流速和風速，據以在海上相對複雜的變因下，選擇最好的時機與最好的位置來下網、下鉤。

漂流，對漁人來說就是讓自己暫時改變狀態，冷靜地觀察外在情勢，做好準備才出手一搏。

漂流，似乎是一趟緊繃的漁撈作業中必要的鬆弛，如海面波浪，每褶波峰張揚高點必有低調鬆弛的波谷撐著。

意外漂流後，我心底已埋藏漂流的種子。

漸漸體會到，這樣埋著漂流念頭的人，必然走向曠野，必然喜歡流浪，也必然航向大海，最後，也必然將漂流於大海。

漂流計畫早已啟步。

從自我放逐似的海邊流浪開始，我這輩子已進入漂流程式。

直到數十年後的今天，工作需要，日子依然在海陸間穿梭，到處跑、到處漂，空間快速切換，常錯覺時間的刻度與頻率也因而變得寬窄不同。

想起過去認識的兩位船員，他們每次在台灣重逢，也許與尋常朋友見面場景無異，但只要談起彼此相隔這段日子的航跡，竟然已經如毛線繞成毛線球般各自繞地球好幾圈回來。

長久處於無定點的游移漂流狀態，時間對他們來說，早已不是一般的分秒時年月日。

我的身體是一艘船，心思是船員，身體這艘船，受船員使喚，一直都在漂流途中。

4 船筏

水性不差，高中時獲選為游泳校隊，學校在海邊，除了泳池子裡游，也常跑到學校崖下的海灣裡游。

暑假時，幾乎天天傍晚來到目前已填為花蓮港碼頭當時還是許多市民游泳戲水的海灣裡游泳。下水前，我會先踮起腳尖探看灣裡游離岸邊最遠的那一顆人頭，以眼光標記他，下水後，會以游越這顆人頭，為這天游程的遠點目標。

年輕氣盛後，我曉得，再高明的游泳能力，當時所能觸及的海域範圍，不過只是海灣外緣而已，連沿海也談不上。

人類擅長使用工具，關於海洋探索，陸生動物的我們，必要藉由船筏航行來搭載海洋探索的夢想。

我必要擁有一艘船，才能帶我遠離陸地，航行或漂流到夢想的海天交界以外。高中時我便強烈渴望擁有一艘船，想像夜裡躺在甲板上賞月，或清晨破曉讓第一道曙光照在我的船舷上。

二十幾歲時，有天清晨，沿著航道海堤散步，意外發現航道邊繫著一艘無人看顧的小船。四下無人，我偷偷跳上船，仰躺於甲板上，立即清楚聽見馱著晨曦的波湧，一下下迎著海風拍打船舷。

一首壯闊的樂曲在我心頭豪邁響起。

我閉起眼，想像一趟遠航。

海上晨曦無遮無掩，踩過開闊海面，一路攀上船舷；海鳥清鳴，隨船航低飛盤旋；入夜後，我睜開眼，仰望隨船搖晃的漫天星斗。

我渴望一艘船，渴望擁有一艘能帶我離開擱淺、離開窘困之地的船筏。

造一艘船，航離陸岸，對島嶼居民來說，應如鳥羽張揚便能想望天空般地理所當然，這是有限海島拓展生活空間、探索無窮海洋、探索新天地的基本渴望。

這樣的想望，對於造船能力超強，港灣碼頭超多的我們島嶼而言，照理說，不是什麼大不了的難事。

現實上，目前除了少數海洋相關行業擁有造船下海的機會，這座島上，想造一艘船下海航行，對不起，恐怕十個中有五個會說你「吃飽太閒」，其他四個會說「太危險了」，最後一個稍微懂海，會跟你說「這是不可能的事」。

那年搭船航經地中海，穿直布羅陀海峽，繞上去到北海，只要近岸或靠港，水域裡處處帆船。但我們島嶼的社會觀念或現實法令限制，造一艘、或擁有一艘船，航行出海，即使是結構最簡單的木筏或竹筏，在我們這座島嶼，都不是件容易的事。

曾讀過「片板不許下水」的中國歷史故事：一六五七年清朝打下江山後，因清兵陸軍強、海軍弱，為防止鄭成功的海師侵擾，清朝採防堵及畫界遷民政策，嚴禁船隻私自出海，任何可容船隻灣泊登岸的海口，嚴飭防守，或築土霸，或樹木柵，處處嚴防，不許片帆進出。將沿海居民遷於內地，設界防守，片板不許下水。

當親海潮流已經瀰漫全球的二十一世紀，沒想到，我們種種不合時宜的出入航管制及種種造船限制，與三個半世紀前清朝封閉保守的海防管制狀態，似乎相去不遠。

這怎麼辦？

黑潮漂流計畫需要一艘戒護船，和一艘無動力方筏。

5 戒護船

漂流計畫需要一艘戒護船。

戒護船平時熄火，隨方筏一起漂流，必要時，啟動引擎，拖拉方筏，或是於突發狀況時，擔任緊急救援及後送任務。

戒護船還必要提供漂流團隊十數人的海上生活空間，船上必要有臥艙、廚房、盥洗等基本生活設施和機能。

戒護船或可租用遊艇、帆船、賞鯨船或海釣船來擔綱，不像方筏得無中生有地造出來。這艘戒護船，現實存在，無須新造，只須找到適用計畫使用的船舶，談妥租金，再向有關單位申辦這趟計畫所有可能進出港的出入港公文許可，不是太大問題。

只是在自己島嶼的其他港口進出，也要申請許可，好比開車到其他縣市都得申請核准般，確實是有些煩瑣，但問題較小，因此在計畫籌備過程中，戒護船的處理順位一直被擺在後段。

若船舶也來分階級，遊艇和帆船，在台灣船舶界算是較為尊貴的，要租要借，恐怕得有門路、有人情有交情。而且不難想像，若是談租費，恐怕不會便宜。

經朋友介紹大老遠地來到高雄港看遊艇。登船參觀時，船主一再叮嚀囑咐：「請特別小心，別刮傷了遊艇內的精緻裝潢。」一下子又說：「這艘船造價上億台幣。」參觀過程中，自己主動閉嘴，不敢提「租借」兩字。

較適合漂流計畫使用的戒護船，應該是耐操的國民房車，不是身分地位頂級的勞斯萊斯。也看了幾艘帆船，一來租金不便宜，二來帆船搭乘人數實在有限，並不敷漂流團隊使用。

也許會有人好奇，台灣漁業發達，租用實戰經驗豐富且耐操耐磨的漁船如何。

漁船當然很好，但漁船的船上空間規劃及設施通常為的就是漁撈作業的拚搏，生活條件一般簡陋。印象深刻，記得有位漁船船長，簡單回答關於提升漁船船員生活品質的提問，他用很實際的口吻說：「是出來拚，不是出來爽的。」

況且，島嶼對沿岸近海漁船不合理的管制更多，可搭載人數，通常只有個位數。漁船一直是台灣船舶管制的重點。記得年輕時辦理漁船船員證，當時稱隊員證，也就是將漁民編隊連坐，互相監督或互相舉發，因此辦證時還需交代黨別。若租用習慣上被盯得很緊的漁船來執行「奇怪的」漂流計畫，恐怕是自找麻煩。

僅剩的考量，只好租用屬於娛樂漁船的海釣船或賞鯨船。因推行賞鯨活動，賞鯨船業者很熟，租借賞鯨船不是問題。問題是執行漂流計畫的八月，也是賞鯨活動的旺季，實在不好意思開口要求賞鯨船配合計畫。

八月暑假，海釣活動也算熱季，找船並不容易。再三周折，好不容易，最後，在海釣活動盛行的新北市深澳漁港談成戒護船租用。

計畫戒護船終於底定，華國一八九號，七成新，四十五噸，可搭載人數二十一人，船上有睡艙、廚房、衛浴等設施。

租到戒護船，中央到地方，還得行文許多單位申請核准跨縣市航行或泊港。

娛樂漁船，有航行海域的限制，比方出航四十八小時必須返港等等許多不合時宜、不合理的法令限制。

搭載人類夢想，擺脫陸地限制，遨遊探索開闊大海，極富自由象徵意義的船舶，在這座島嶼上，竟然如此絲絲纏纏，如此自我綑綁、自我設限。

船隻若有靈性，也將為這些人為的綑綁而哭泣。

6 方筏

方舟早已漂過創世紀洪水，計畫中的方筏還擱淺在腦子裡，只能在夢裡結構。

方筏，是計畫主體，也是漂流計畫中的無動力載具。

因為計畫是隨著天然海流無動力漂流，無方向需求，所以這艘載具無需艄舵，因而筏體規劃為最容易結構的四方形，又因為只須乘載一或少數人漂浮，結構方便簡單就好。

計畫方筏的建造條件為：安全性高，花費低。

計畫念頭初起，方筏的初步構想，是以六顆兩百公升的空汽油桶為浮力，上頭以木板編綁成一艘兩公尺寬三公尺長的方形平台筏具。

沒想到，無比簡單的方筏構想，進入計畫實作時，一點也不簡單。

計畫籌備初時，便將方筏簡圖，請教一位熟悉「船務」的船長。

這位船長，斜眼看了我一下，別過頭，直說三個字：「不可能。」

船長解釋說：「不是造筏技術問題，台灣造筏師傅不少，如此簡單的一艘筏具，兩個師傅，不到一天就能造成你要的這艘，叫什麼『方筏』的；啊，真的有夠難唸；難的是，按法令規定，製造任何船筏，不管有沒有動力，不管筏體大或小，不管長相是圓是扁，一律都得先申請造船執照。」

「那就申請啊，時間應該還來得及。」我天真以為。

船長盡量保持微笑相當耐性地與我說明：「申請執照這件小事，真的一點都不小：首先，你要去找一艘老舊將要汰除的舢舨或管筏，先花一筆不少的費用購得舊船證照，然後打掉舊船，拍照存證，再憑以申請船筏汰建……又因為你的什麼方筏，啊，有夠難唸的，不是標準漁用舢舨或管筏，可能有關單位會找麻煩，應該會以安全為考量，要求一再修改、一再受檢，也不曉得申請到何年何月何日才會核准新建執照。」

「又，好好一艘作業中的船筏，誰會賣給你打掉重建，只為了讓你去做這奇怪的什麼漂流計畫？」船長又補了句：「除非天價。」

這下子，好像天真浪漫不懂事的年輕人受了責備，我低頭想了想，無論是購買執照所需的費用，或造船申請可能延宕的時間，漂流計畫恐怕都無法負擔。

「何況，想想看，如此結構笨重沒考慮流線的什麼方筏的，拖在船尾，水阻一定很大，」船長繼續補槍：「你說，要從花蓮港拖行約兩、三百公里到台灣尾，你捕過魚，你自己說，船速可能得降到一、兩節（約每小時二到三公里）來慢慢拖才行，要拖到民國幾年啊，你說可能嗎？」

晴天霹靂，澆在頭上的可不只是一桶水，而是一大桶冰水。

方筏是漂流主體，沒有方筏，就不會有漂流計畫。

卡住的這段日子，滿腦子都是筏。

方的、圓的、扁的，各式各樣的筏都曾動腦想過。

「替代方案，替代方案，海那麼寬、那麼深，任何凹陷，海水一定會自動填滿，不過是想要一艘無比簡單只要能安全漂流於海面的筏具，一定會有替代方案的。」常這樣安慰自己。

苦惱好一段日子後，有天傍晚參加在高雄愛河河畔舉辦的活動，會後走在河堤上，眼睛一亮，看見兩顆五十公分立方大骰子般的黑色空心塑膠方磚疊在堤邊。

我曉得，這是用於湖泊或河道水域，可一顆顆組合成整片浮動碼頭的塑膠方磚。堤邊這兩顆應該是破損漏水被替換下來還來不及處理的吧。

眼睛一亮，靈光乍現，「啊！替代方案，啊！天無絕人之路，啊！我的方筏。」心底接連喊了三聲。

腦子像一顆才甩出去的陀螺，轉得飛快：「只要三十六顆這樣的方磚，就能組合成三公尺四方，厚度五十公分，浮貼於海面的方筏平台。」儘管數學能力並不怎麼靈光，還是立即算出方筏的長寬高，多少面積，需要幾顆這樣的方磚。

更重要的是，以此方磚拼組成的方筏，像樂高玩具一樣，組裝容易，拆解方便，材質輕，方便攜帶，可拆解成單位方磚搬上戒護船，可搭乘戒護船運載到台灣尾的漂流起點再組裝成筏。如此，一來可避開兩、三百公里水路拖行的水阻，更讓我驚喜的是，如此一來，不用申請造船許可，不用跟那些握有權力又思維僵化的公務人員周旋，可巧妙規避不合理的造船法令限制。

當然明白，念頭是浪漫的，想像通常只是忞燃的火花，可能只是一廂情願。

趕快拜訪船舶專家，探問這「樂高方筏」的虛實，以及用於黑潮漂流的可能。

專家始終皺著眉聽我如獲至寶般的造筏說明，似乎對我這興致勃勃的樂高話題一點也不感興趣。

最後，他頭也不抬，八個字簡單回覆：「絕對解體，絕對翻覆。」

簡單回覆，但幾近全盤否決。

「可能加工處理來補強結構嗎？」

看我仍不死心，專家又說：「拜託用膝蓋想想好嗎，這塑膠方磚以空心螺栓組合，可承擔的扭力，僅適用於沒有湧浪相對靜止的內陸水域，大海湧浪的浪高，動不動都以公尺為單位起跳，這方磚浮於海面不過才五十公分，質地空心輕浮，別說浪，稍強的風都可以將它吹翻。」

於是，好不容易激起的樂高方筏浪漫念頭，才悠燃不久，幾句話就被專家給澆熄了。

海那麼寬，那麼深，那麼的柔韌，一定有出路的，至少我們的方筏已經走出夢境，在草稿紙上繪圖結構。

7 舞台

夢裡浮出一方舞台，投射燈圈照著的一方舞台，四周黑暗環伺。

舞台不大，不過三米四方，看來並不扎實，也不牢靠，幾分像是鄉下野地裡臨時拼湊搭建的野戰舞台。

這方舞台似乎不分前後左右，舞台平展，台上沒任何屏幕或擺飾，如場館裡的球場或拳賽場，黑暗裡圍著的四周都是觀眾席。

投射燈熾亮，周遭的昏暗裡看不清舞台邊是坐滿觀眾或是空蕩無人。舞台中央彷彿有個舞者盤腿坐著，因燈光過於熾亮，這位舞者只剪影呈現，而且處於將要蒸發的透明狀態。

舞台不高，不到半公尺，肥皂箱也許都比它高出幾分。四周若有觀眾，也不曉得觀眾席與舞台的確切距離，是圍著看呢，還是有距離地俯看。

舞台的確不牢靠，隨時就地震震波般輕微晃動了起來。

感覺整座舞台，如漣漪柔軟輕晃。

照住舞台的光圈開始悄悄移動。

不，投射燈定點沒動，是舞台慢慢漂動了起來，如船隻緩動將要離開碼頭。

像是半場日蝕或月蝕，舞台從熾亮處，一寸寸緩緩隱入光暈照不到的黑暗裡去。

舞台終將完全隱沒於黑暗的剎那，光的視角，才清楚看見坐在舞台上那位舞者。

他揹著最後的光，望向前方深邃的暗。

舞台整個漂流離開光圈後，這場地於是有了前後左右，時間也漸漸有了順序。

8 啟程

一季盛暑後，入夜的風已悄悄滲入一絲涼意。

八月二十二日，曬過熟成的日子終於到來。經年籌備，彷如將千百隻尚未成熟的魚兒，從開闊如漏斗口的網口，逐步趕向成熟的網袋底。過程中有些個體離開或放棄，有些個體一路滋養調整，也有些是半途中才參與進來。無論如何，一年辛勤，收成及檢驗成果的這一天終於來到眼前。

一年來的辛苦，就為了趕著來到啟程出發的這一刻尖點。

破曉而已，伙伴們都來幫忙，好幾輛車，將分頭載送十一名將搭船出發的第一梯次漂流團隊人員，還有兩艘獨木舟、九十九顆玻璃浮球、三十六顆方筏方磚、十幾根竹竿、攝影組的攝影器材和潛水裝備、好幾箱工具、零件和各種生活物資。每一樣都不能缺，每一樣都不允許出狀況。

集體運搬，集體勞動，如操練過的隊伍，黎明微光下，安靜、迅速地為出航漂流做最後整備。

也許悄聲安靜的工作適合盛夏才醒的天光，我想，每位參與者，出發前的心思應該也是各自不同。

當做一趟旅程來看，不一樣的是，這將會是一趟無法確定歸期的旅程。

這天，我們將出發搭乘黑潮漂流，出發前這一刻，黑潮流速只是書本網頁上的一組數據資料，根據這資料，順利的話，我們估算這趟漂流航程大約需時十到十二天。

也請教過好幾位黑潮生活經驗豐富的船長，十個有九個笑著說：「不用十天啦。」講是這樣講，但誰也沒把握，誰也不確定。

平面的數據或知識，經由體驗才能轉化為立體的養分，這也是為什麼必要執行漂流計畫最簡單的理由。

啟程這一刻，最確定也最不缺的是我們將下海親身測試的雄心壯志。

我的安靜在於心底盤繞的不安，啟程的今天，將有三道關卡必須通過，任何一關卡住的話，辛勤籌備經年的這一天，就不能稱為啟航日。

並非籌備不周到，是如何盡力也使不上勁的現實限制。航前這一刻，竟還有三個不確定因素橫在眼前，這是從來不曾有過的計畫行事經驗。

忙碌籌備一年的漂流計畫，啟航這一刻，我懷著的是如何也豪邁不起來的闖關心情。

9 航前波折

如前述，這計畫得向中央到地方十幾個有關單位行文申請核可，才能有憑有據地安心出航執行計畫。

截至出航日這天以前，所有的公文回覆都是不置可否的「核備」兩字。然後，公文底下清楚條列這計畫該遵守的法令限制：一、二、三、四。

一、依「租用漁船從事水產資源海洋環境調查研究及漁業管理措施」等相關法令規定先向各娛樂漁業漁船之主管機管申請許可。

二、租用娛樂漁業漁船從事拍攝漁撈作業、海洋生態者，須依「娛樂漁業管理辦法」規定辦理。

三、依上述兩法規定，每航次以四十八小時為限，活動區域以娛樂漁業執照登載活動範圍為限。

四、出海前，先向當地海岸巡防機關申請「機關學校團體人民進出港口安全檢查報驗登記」。

「核備」的意思不難理解，相關管理單位如此回覆的意思是：「我們知道這件事了。」底下條列的一二三四，意思也清楚明白：「請遵守公文條列的法令規定，我們已善盡告知責任。」

啟航前半個月，我們不放心，漂流計畫中的許多內容以及預計出航漂流時間，都明顯違反回函上的一二三四。出航日逼近，我們還是希望有個政府單位，以公文明白核可，讓漂流計畫團隊能據以安心地通關出航。

於是拜訪立法委員服務處，希望以計畫對島嶼的特殊意義，來爭取中央單位特例核可的一紙公文。

幾天後，這中央單位竟然電話回應：你們的計畫全部違法，叫總統來說都一樣，勸你們不要執行這計畫，不然可以開罰單，也恐怕會有刑責。

這警告意味濃厚的最後回應，發生在出航日前十天，又是中央層級的意見，像是整年辛勤疊起的一座塔，忽然就來了一場大地震，震得好不容易振奮起來的團隊伙伴人心惶惶。

接著的工作會議上，有成員提出，建議暫時中止計畫，先來打這場「法令戰爭」，打過後，明年再來執行漂流計畫。

我當然明白，沒有人願意碰觸違法的事。我也明白，執行計畫一鼓作氣，再而衰，三而竭的道理。計畫若是拖延到明年才執行，可以想見，拖拖拉拉下，這計畫恐怕將化為泡沫。累積日久的這些不合時宜、不合理的法令限制，也不可能在短短一年中完成修法。以計畫贊助者的立場來說，計畫延後一年，等同於宣告計畫失敗、宣告執行計畫能力信用破產。

這情勢下，完全沒有迴旋空間，計畫勢在必行。

只好硬著頭皮假豪邁說，「有罰單，我繳，有刑責，我獨自承擔。」

那晚，我在筆記本上寫下：「今天你以國家賦予的權力框限漂流計畫，而你絕對限不住、也框不住島嶼人民走出去、航出去成為海洋國家的決心。」

不過是執行個頗有意義的海上計畫，竟然還得抱著搞革命般的悲憤心情，這到底是怎樣的一座島嶼啊。

10 走三關

「我身騎白馬走三關……」是島嶼上人人琅琅上口的一段歌仔戲唱詞。

啟航這天，我們將搭乘戒護船走三關。

第一關，花蓮港出航檢查。

出航日，手上公文一堆，其中沒任何一張明確寫著「核可」或「准許」出海執行計畫。彷如一手爛牌，手上沒一張是確定可憑以出航執行計畫的好牌。

執行出入航檢查的海巡單位，若嚴格認定公文，或受到那反對計畫執行的中央單位的交代，是可以名正言順地攔下我們，阻擋我們出航。

幸好，這天出航前的檢查重點，似乎落在出航人員身分的查核，以及攜帶上船物資的檢查。

檢查哨碼頭上，海巡人員問我：「下個停靠港？」

看我猶豫了一下，海巡人員解釋說：「按規定，我們得通報下個停靠港。」

這時，我的腦子再次飛快輪轉。

海巡人員的意思之一是，同意我們航離花蓮港，擔心的第一關似乎突破了。心裡歡喜。但我即刻提醒自己，絕不能喜形於色。於是冷靜回應說：「台東富岡港。」

原定計畫，出航後泊靠的第一站是蘭嶼開元港。

選擇開元港的主要考量，蘭嶼是觀光離島，應該比較有機會允許我們進港組裝方筏，再由戒護船拖拉出海到設定為漂流起點的島嶼南端位置。但是若以預設的漂流起點台東大武外海為考量的話，最佳的選擇應該是台東富岡港。

於是在確定被允許出航通過第一關後，抱著得寸進尺的僥倖心，大膽地悄悄往前推進一步：「我們停富岡港。」

過了第一關，沒有被公文含糊的意境以及中央單位為難到，滿載漂流任務的戒護船順利離開花蓮港啟航了。

藍天釋放，白雲輕浮，海水湧躍，漂流計畫進入海上流程。

照理說，從此離開人為掌控的範圍，將計畫命運豪爽地交給天地大海吧。

然而，過了第一關後，橫在我們前面還有未確定的兩個關卡。其一，富岡港是否允許我們上岸組裝方筏，並允許拖拉方筏出港；其二，方筏結構是否經得起，又是否能順利從富岡港拖行約六十六公里至大武外海。

午後三點，戒護船經過數月前風災後尚未修復的傾斜堤端，航進台東富岡港。進富岡港的主要目的，是尋求上岸組裝方筏的可能。

儘管伙伴們也能在船上組裝方筏，但海上甲板晃蕩，又空間有限，船上組裝將耗時、耗力，組裝伙伴們承擔的風險也會較大。富岡港是商港、漁港合一的港口，是綠島、蘭嶼離島的本島對口港，夏日離島遊客多，交通快艇進出頻繁，算是業務繁忙的港口。臨時起意選擇富岡港，是帶著僥倖心，也許忙中有隙可趁，讓我們得到上岸組裝方筏的機會。

若碰壁不允許的話，立刻出海，轉往綠島或蘭嶼再試，周折點時間就是。

泊靠碼頭後，兩位年輕海巡人員即刻騎機車過來檢查。報關簿，人員核實後，我試著探問：「我們是科學研究計畫團隊，船上有許多精密的科學儀器，為了安全，希望能允許我們在碼頭上組裝科學研究用的方筏。」

是刻意拉高計畫位階，「科學研究」在我們社會觀感上似乎至高無上，我心想，這說詞也許對促成上岸組裝方筏這件事多少有點幫助。

過去曾經多次以討海人或以作家身分申請過不少海上計畫，儘管計畫成績或許不輸給科學研究單位，但經驗教我，前述兩個身分不如科學研究者來得好用。

海巡人員似乎相信了，追問：「有沒有公文申請？」

別的沒有，公文是有一堆。

只是沒任何一張是正式核准的。

立即從卷匣裡抽出一張公文影本，交給海巡。

公文中的文字意境確實既矇矓又奧妙，這一刻才發覺，「核備」兩字除了有太極拳般的矇矓藝術之美，還有不容易讀懂及多元詮釋的奧妙。

兩位海巡人員看著公文研究了好一會兒，然後說：「我們回隊裡向上級請示一下。」

機不可失，觀察了一下碼頭空間，選個位置，快手快腳將材料上碼頭，快速組裝方筏。

充分運用那機不可失的短短矇矓縫隙，我們分成兩組，一組負責組裝塑膠方磚，另一組負責組裝竹架子，天黑前，伙伴們同心協力汗流浹背，快速地組裝完成一艘以科學研究為名的樂高方筏。

戒護船船長看不下去，還過來協助繫綁拖拉方筏需用的繩纜。老漁人出身的船長，都有海上拖拉另一艘船的經驗，拖拉時的水阻，會讓這條纜繩緊繃如鋼條堅硬，任何差錯，可能會造成斷纜回彈打傷人，或拖拉物流失的損失。由船長來繫綁關鍵繩結，讓人放心不少。

這也是我一直擔心著的第三道關卡。

且慢，先回到第二關，上岸組裝方筏只成就半套，最後還得請求海巡單位允許我們將方筏拖拉出港，才算功德圓滿。

當海巡人員請示回來，這艘方筏雖不以木料為材質但見木已成舟，猜想海巡上級也無法明白解釋公文的曖昧處，當我進一步說明，等天黑後，船隻進出港不那麼密集時，請允准我們拖拉這艘方筏出海進行科學研究計畫。

好像該說些什麼，但又猶豫該不該說些什麼的尷尬，都寫在這兩位年輕海巡人員的表情上。

最後，只好勉強說了句：「小心點，不要妨礙其他船隻進出港安全。」

「好好好，一定一定。」

天黑後，戒護船拉著方筏，緩緩駛出富岡港。

奇蹟似地，我內心充滿感激，就這樣過了第二關。

動力航程的最後一段，富岡港到大武外海，也是圓滿啟航日的最後一關。

戒護船一航出港堤，湧浪加水阻，四分之三英寸，六分直徑的拉纜，立刻僵直如鋼纜堅硬。

我要求團隊伙伴這段時間盡量離開後甲板，萬一斷纜，避免被彈回的斷纜打傷。

方筏上確實已裝置了幾顆堪稱精密的科學儀器，如今拖在戒護船船尾，拖纜緊繃，不時發出「迫、迫、迫」張緊欲斷催魂似的緊迫聲。海上夜色如墨，艉甲板上只看得到船尾漆黑裡時浮時沉方筏上裝置的一盞閃滅紅色信號燈。

會斷纜嗎？方筏組裝夠結實經得起這場拖拉嗎？這些對計畫來說算昂貴的精密儀器會脫落遺失嗎？

我一直在船尾看顧海上那盞浮盪的紅燈，心神如拖纜緊繃，心中擔心的每一樣都不能發生、不准發生，任何差錯，都可能造成嚴重損失，甚至，無法執行後續的漂流計畫。

當然明白，我的看顧並不能防止狀況發生，但有人監看，至少能在狀況發生時，以最短時間來處理，或可避免造成無可挽回的損失。

半夜十一點四十九分，戒護船航抵預定的大武海域，船尾方筏上的紅色信號燈仍然緊隨，沒有斷纜，方筏幸運還在，有驚無險地通過了第三關考驗。

停船測得船下流速二點三節，流向北北東，不是主流也是黑潮支流了，下令按下手持的GPS，定位座標點，開始漂流。

連過三關的起航日，是漫長的一天。

心中忽然響起歌仔戲唱腔：「我身騎白馬走三關……」

好不容易用了整年的時間，將此趟計畫的所有不確定因素盡量轉化為可行的確定，順利通關出航後，船隻沿途湧晃不定，直到確定開始漂流這一刻，我清楚知覺，我們是再次將自己、將這艘船、將整個計畫置放於不確定的大海中。

11 鬼頭刀

從前一晚夜半跨日五個多鐘頭後，第一道晨曦浮出天際。這是航抵漂流起點後的第一段漂流。

破曉時分，船點位置在台東大武和太麻里之間，離岸約十二浬，我們漂在領海邊緣，流向約三百五十度，北北西，流速兩節。

因為海洋、陸地散熱率的差異，沿海清晨常吹陸風，海洋水氣被風吹離岸緣，所以清晨時分，如醒起才洗過臉般，清晨的山頭無任何雲朵沾惹，乾乾淨淨。此時儘管漂流團隊離岸有段距離，船上仍清楚可辨山腳下被山海壓成扁平狀的台東大武與太麻里兩座鄉鎮。

曙光從雲縫裂開後匆匆於海面奔成一道光毯。海上日出，海上第一道曙光，這將會是往後幾天漂流日子裡常見的景色。

破曉朝霞再如何璀璨奪目，暫時都比不上船下出現的這條鬼頭刀吸引人。

船下來了一條鬼頭刀，約五、六公斤大小，不曉得為什麼，一直繞著戒護船盤游。

伙伴們拿著相機，「那裡、那裡、在那裡」，一路呼喊著跟在甲板上繞圈圈。幾分像是拂曉時分，船上、船下分別繞著不同的跑道轉圈圈的黑潮晨間運動。

「好像對我們船隻好奇喲」、「也許是對漂流計畫好奇」、「對你好奇啦」，伙伴們一邊拍照，一邊開玩笑地談論起這條鬼頭刀的繞船動機。

漁人出身的我，對這條鬼頭刀出現的緣由是清楚明白的，也曉得，這可是漂流才遇得到的場景。

鬼頭刀生性膽大，是迅猛的獵食者，一般並不忌憚接近船邊。船隻動力航行下的相遇，往往只是偶遇，鬼頭刀通常舷邊驚鴻一瞥，一下子就被急駛的船速給拋在後頭。

這回是在漂流狀態下的遭遇，鬼頭刀始終繞著戒護船與船隻從容應對，跟一般航行時的相遇狀態完全不同。

真的是好奇嗎？好奇這艘船的無動力漂流，或好奇船上這群人為何跟著牠繞。

這場遭遇確實是漂流引起的，但這條鬼頭刀來繞船可不是因為好奇，而是現實。

生活在開闊大洋中體形較小的浮游性魚類，受到的掠食威脅，主要來自空中及水底兩個方向。空中的是眼力好到如拿著放大鏡搜尋海面的各種海鳥，水下的是游速如刀斧劈砍的海豚或獵食性魚類。這些食物鏈低層的小魚兒們，終日戰戰兢兢，戒懼惶恐，稍稍怠忽警戒或慵懶偷閒，恐怕立刻就會被獵者攻擊、吞噬而提早結束一生。

海面上任何漂流物，漂流木、漂流海藻、以及即使是人人厭惡的海漂垃圾，都將成為這些小魚兒們的屋簷，成為牠們的庇護所。一方面擋掉來自空中鷹眼般的銳利攻擊，一方面也藉由漂流物形成的水下陰影，嚇阻水下時時準備偷襲的獵食者眼光。

只有少數像鬼頭刀這樣白目的獵食者敢大膽直接靠近船邊。

因此，所有海上漂流物，都有聚魚效果。表層人工浮魚礁等漁業設施，就是依此原理聚魚。

經過一夜五個多小時的漂流後，我們戒護船下以及方筏下，想必已經聚集了一群小魚，因而吸引這條鬼頭刀前來，虎視眈眈繞著戒護船圈游，伺機攻擊躲藏在庇護所裡的小魚，享用因為我們的漂流而為牠聚集的早餐。

好奇的想像比較浪漫，現實往往帶點血腥。

漂流好幾天來，都有鬼頭刀過來船邊覓食，有單隻的，也有成對的。

那天下午，有一對鬼頭刀頻頻來到船邊，臨時起意，我以帶上船的釣竿繫綁擬餌，拋竿釣鬼頭刀。

與其說是為船下聚集的小魚兒們移除威脅，其實是想讓伙伴們親眼看見，成對鬼頭刀之間相互陪伴的情感。

過去討海，曾經寫了鬼頭刀公魚陪伴上鉤母魚直到最後一刻的文章，這篇文章常被認為是作者過度浪漫的想像。這次的漂流垂釣，依我漁人經驗，相信伙伴們將有機會親眼看見鬼頭刀相互陪伴的情感。

兩下拋甩收拉，揚竿，其中一條鬼頭刀很快就上鉤了。

果然那條保持自由的伴侶，沒有離棄，緊緊陪伴著上鉤這條。

「真的，鬼頭刀真的有感情。」漂流伙伴們驚訝見證了這一刻。

12 獨坐

獨坐方筏，隨黑潮漂流。

方筏離岸距離已超越十二浬領海，方筏露出黑潮海面約四十公分高，此刻，我是貼坐在地表上最低平，也最遼闊的太平洋海上，隨黑潮往北漂流。

往東展望，那頭是一去千浬萬浬的廣浩大洋，方筏西側，以為可以是漂流視野依據的島嶼高聳山頭，此刻，因為有段距離，也因為八月南風季節，陽光逞威後，沿海將轉為海風，水氣隨海風上岸，午後的山嶺，大片盤據著水氣轉化的層雲。陽光偏在西南半空，光影水氣迷離，此時的島嶼身影，幾乎全隱入西天迷濛的光影和灰濛的雲靄裡。

也唯有漂流和緩的節奏感，讓人有了靜下來的閒暇，觀察天上雲朵形狀和顏色的異同。如雲朵擱淺於山嶺，西天是大片層雲堆積，東邊天際，則是如絲絮亮白，飄浮於海面的高空卷雲。

海面和島嶼上空的雲朵，形狀與雲色完全不同。

曾在一本書中讀到，偉大的航海民族玻里尼西亞族，他們在西方航海圖上南太平洋還是一片空白的前四百多年，他們的傳統領航員，只憑身體感官，不依賴任何航海儀器，已能帶領他們的船隊，在占地球表面積五分之一如繁星眾多的小島間來去自如。

雲朵的判斷，是他們領航員遠距離判別島嶼位置的觀察重點之一。

這時，方筏上的我，也想像自己是書中描寫的傳統領航員，在大洋中藉由天空雲朵形狀及雲色的差別來判斷島嶼方位。

我不時回返心思看著自己的身體，鼓舞自己試用更多感官，來感受這段難得的漂流。儘管此時的我並不需要定位方向，下海漂流的目的也不是為了尋找一座島嶼。

但此時，我確實能憑著空中雲朵，來分別海、陸之際。這多少也踏實了漂流狀態下彷若攀不著邊的遙遠感和茫然感。

方筏貼著黑潮湧浪起伏，筏底拍出細碎浪聲，筏身隨浪湧高抬或伏蕩，我耳際清晰響著水流、水滴以不同頻率灌進或流出方筏底架十二根竹竿兩端管頭發出的咕嚕聲或滴答聲。

竹管粗細不同，竹管頭的竹節長度也各不相同，方筏底下擁有二十四個音頻不同的水瓢形水笛子，當方筏隨浪湧晃起落，水笛子鑵水或漏出水流，起落間似有節奏。筏下這些管笛發出的水聲，聽久了彷彿也帶上了韻律。這是組裝方筏當時，不曾想到的意外且獨特的音響效果。

有時聽著迷了，想說，這會不會是黑潮為這場漂流鳴奏的樂音。這裡遠離陸岸、遠離人世，以人類發展漫布狀況以及人口密度來做比較，這裡可算是真正的曠野。

方筏上十分安靜，除了水笛子發出好聽的漂流鳴奏曲，沒有機械聲、引擎聲，沒有硬碰硬的敲擊聲，沒有警告聲，沒有廣播聲，沒有喧囂，沒有爭執和評論，視野一片蒼茫，偶起的只有伏貼海面的輕微風聲，和筏邊偶起的碎浪聲和浪頭伏盪下去的嘩嘩水聲。

想起書本中讀過，古代的先知或智者，當他們在人世間遭遇了困難與困惑，他們常暫時走出人世，走到曠野，安靜聆聽。

聆聽天地大海風聲水聲，觀察日出月落星辰變化，感受萬物不停述說的起伏故事，他們仔細觀察及感受大自然呈現的所有徵兆和現象，他們藉此得著了啟示。

再回到人間的先知和智者，他們解讀了那龐大恆久的訊息，領略了彷若天機洩漏的密語，他們從而理解，不再以人們習常的角度看待這個世界發生的種種問題，他們以全新的位置和全新的觀點，重新面對這些過去曾經的困難與困惑。當智者從曠野歸來，這些原來的問題，都已經不再是當時困惑難解的問題了。

漂流這一刻，不敢說是為了求智慧，但我確實是來到了真正的曠野，此刻我獨坐海上，是否也能像古代的先知智者，稍稍觸及或稍稍領略這堵橫在眼前且難以窺視的牆後深意。

有道船纜，如臍帶般連繫著方筏和戒護船，這道繩纜所維繫住的安全感，讓方筏上的我無須擔心方筏翻覆時無人救援，也不用擔心萬一方筏被海流給沖散、沖失了。

只要不在乎戒護船上安全監護的眼，我在方筏上的視野曠闊，並單純到只剩天空、雲朵和海面，我的耳裡安靜到只剩風聲和水聲。無須言語，這一刻，我漸漸沉浸於獨有的空間，獨有的思想，和獨有的官感。

此刻的漂流，我看見的、聽見的、感受的、想像的，完全不同於過去這輩子的其它經驗。

我確定自己無法如智者那般沉穩篤定，無法如先知那般敏銳地放開所有的生命感知能力，如吸水海綿般充分感知海天間的所有奧祕。但我隱約曉得，這段漂流，在我生命中將有不同於以往經驗的非凡意義。

我也發現，同樣是處於漂流狀態吧，戒護船上的團隊，安靜看海的伙伴愈來愈多。

戒護船上的漂流日子，幾乎就是閒閒看海的日子，發現伙伴們好像在放掉什麼似的，一天比一天安靜。

放開習常緊握的掌心，時間鬆弛，日子一天比一天安靜。

漂流過後，我相信所有伙伴們，應該或多或少都已經不再是原來的自己。

立秋過了，漂流這些天來，海上盡是北風。

日照隨季節輪轉往南偏移了幾度，初起的北風勁道尚未匯為強勢。

若在岸上，季候變化這時節的感覺，頂多只是感覺盛暑稍微鬆手了或是夜晚涼了幾分，但在這離岸海域，北風已搶先在海上豎起一面季節轉換的風牆。

我迎浪望向北方，風勢始終抵著我的身、我的臉，我曉得這力道來自涼冷的北方氣團。

來自南方的溫暖海流帶著方筏往北漂流，我清楚感知方筏被黑潮帶著以逆風強行的姿態持續往北漂流。

這些天，有個獅子山颱風在我們的東北方遠距外徘徊滯留。

大洋湧浪得了藉口，順勢攀著颱風外圍與北風共伴，推湧出高疊加成的長浪，綿綿不絕，彷若一群昂揚湧動約三公尺高的深藍色小山丘，帶著威勁，一記記正面逆襲方筏。

由三十六顆塑膠方磚拼組成的樂高方筏，埋首正面承接一記記浪襲。

組成方筏的這些塑膠方磚，是計畫協辦單位台灣玻璃館所提供，原本是提供我們做為漂流實驗的舊料。這些方磚已在露天水域，熱脹冷縮日曬風吹雨淋了二十多年。方磚之間，憑以連結的空心塑膠螺栓，螺牙已泰半磨損，方磚因此無法緊密結合，方筏上，我可以從方磚縫隙清楚見到筏下深不探底的墨藍色黑潮海流。

因為計畫經費有限，堪用狀態下，我們還是以實驗用的舊料方磚，用於正式計畫上。儘管船舶專家並不看好如此材質結構的方筏構想，並警告說：一定翻覆，一定解體。

幾經思考與討論，我們選用了竹竿、繩索等最原始的材料來進行補強。

方筏外加了一座底盤，我們在協辦單位蘇帆基金會協助下，上山砍了十幾根直徑約七、八公分，長度約三百五十公分的竹竿，彼此五十公分間隔，六根橫豎排列，綁成硬格子底竹架子，再將組合成的方筏，繫綁在該竹架子上。

如此一來，三十六顆方磚將糾結成一盤，竹架子除了加固方筏結構，使它在浪盪中不易潰散，也可因而增加方筏重量，讓它有了穩重的底盤。

方筏結構的討論階段，也曾構想，方筏四週各往外延伸五十公分，每邊各增加三到四顆方磚，用以形成方筏的四面浮翼。我們設想這四面浮翼，將發揮極好的擋水作用，應可有效防止方筏翻覆的機率。

但這構想後來因實務操作時過於累贅而捨棄不用。

有點異想天開的方筏設計，最後將置放於大洋裡承風受浪，這補強結構的想法儘管帶點浪漫，但的確幾分膽大。

儘管專家們並不認同、並不看好，但受限於計畫有限的時空環境及財務條件等等，只好硬著頭皮，以如此簡單又大膽的替代方案繼續前行。

想想島嶼先人，他們遠距划船登上這座島嶼，依賴的並不是現代材料或精密的科學計算，漂流計畫的念頭既然是原始的，也許更適用這樣的原始構想和原始材料來結構方筏。

只好這樣安慰自己。

大膽假設，當然必要小心求證。

六月最後一天，特別感謝蘇帆海洋基金會提供場地及大力協助，我們組裝了一艘兩公尺四方的縮小版方筏，以四艘獨木舟拖拉至花蓮鹽寮海域，離岸約三百公尺，水深約三十五公尺處下錨固定。

讓方筏在海面浪蕩個三天，測試加上竹架子組合式方筏的海上耐浪能力，檢驗解體與翻覆這兩項專家說的致命缺陷。

下錨後，方筏乾舷約四十五公分。測試的這三天，共有四組伙伴輪流划獨木舟登上方筏，一方面看顧方筏，也練習適應漂流狀況和體能。

海上回來的伙伴們說：「海上方筏堅固可靠，夕陽西曬，我們仰躺在平台上仰望向晚霞光，筏邊水聲輕盪，天地安靜，方筏像是浮在海面一方隨波搖曳的大水床。」

方筏出海測試的這三天，其實心中頗有罣礙：會流錨嗎？會被來往船隻撞到嗎？回收時錨拉得起來嗎？平台在飄飄南風下能順利收回嗎？有時覺得，這艘方筏、這只錨是掛在心底。

方筏下錨在海上測試三天後，七月三日，我們再以獨木舟出海，收回方筏。

拔錨比下錨難，最後一段總是難於開始的那段。

但回收過程出奇順利，兩艘獨木舟划至海上方筏，兩位伙伴登筏，兩三下便收拾了搭在筏上的簡易帆篷和帆架，我才低頭將獨木舟艉繩繫綁於筏邊，轉眼間，沒料到沉著掛底的錨和百公尺長的錨繩，已被伙伴全數拔上方筏。

所有下錨後的擔心，這一刻，隨拔錨全數拔除。

方筏拖回離岸約五十公尺處，遭遇強勁南流，將方筏往北帶。我們屢次調整航角，使勁划槳，頂多就是平衡了南流，停在原位不得進退。

這一刻，是黑潮給伙伴們的另一重考驗。

回程儘管有些波折，但測試結果，方筏沒有解體，沒有翻覆，以竹竿補強的替代方案，確定通過了風浪考驗。

漂流團隊伙伴們，也因這次的出返航過程中，小規模地體驗了一場測試性的小漂流。

塑膠方磚加上竹架子補強的槳高方筏構想，終於底定。

但下錨測試，恐怕與真正的漂流實況多少有些落差吧。

此刻，方筏面對這等颱風外圍加成北風浪形成的湧盪海況，恐怕會是一場嚴肅的考驗。

我心頭七上八下地眼睜睜看著方筏迎著小山丘樣的湧浪，方筏像是得了水底下某種力量的支撐，如獲得動力般，安靜安穩，緩緩軟軟地斜身騎上浪坡，毫無遲疑地，一口氣爬上約三公尺高的浪頭。

方筏與黑潮間似乎也取得了默契，越過浪頂後，我的心又八上七下地看著方筏斜身埋首，如此緩軟安靜地滑下波谷。

面對峰浪，方筏如此安靜，如此勇於承擔，並始終保持它的低調和軟調，載著我，柔軟柔順地上坡、下坡，凌越一座座浪脈。她彷彿懂得循著浪勁軟縫切入，攀爬，翻越，又順著湧浪嘆息處款款滑下波谷。

方筏似乎懂得，不以頑抗強硬的姿態，與日益得勢的北風和長浪正面衝突。

方筏結構無比簡單，整體甚至稱得上老舊原始，但它調性柔軟，始終服貼於海。這些天來，彷彿自動生成了意志和使命般，那樣安靜地馱著我，爬上、滑下。它完全不接受命令，也不被操作，像一艘全自動載具，一波波越過橫在我眼前的陵陵浪丘。

兩三回上下浪坡後，我已不再擔心它會翻覆或解體。

大洋中有了信賴的伙伴，心思於是有了餘裕，讓我在筏上的意念飄得更遠，也將聽見、看見更多。

塑膠方磚受浪擠壓，發出不刻意聽幾乎聽不見的稀微窸窣摩擦聲，我的身體清楚感知，方筏下海面湧晃的每一記浮凸和凹陷。我的感官緊貼著方筏，筏下的黑潮又如此完整地收納方筏所有的流線。

方筏彷如一張貼著海面的不透明膠膜，透過這張膠膜，我敏感且充分地感知漂流於黑潮上的起伏動感。

我又發現，方筏竟然不受北風及大浪影響，筏面始終保持乾燥。

潮濕黏膩是海上生活的如常，這艘筏面始終保持乾燥的方筏，真是恩典。

記得二十來歲第一次搭乘小型管筏出海釣魚，整個海釣過程，幾乎是坐在管縫間汩汩冒湧的水波裡濕著屁股釣魚。

這艘方筏因老舊形成的缺陷，筏面處處張著縫隙，這等風浪下，方筏竟然奇蹟似地，除了不翻覆、不解體，更大的奇蹟是沒任何受壓迫的激浪從方磚縫隙噴濺出來，整個漂流過程中，筏面始終保持乾燥。

好幾次，我不禁伸手撫摸它，拍拍它，讚美及感謝它迎風迎浪不急不徐的軟調，靜默和柔韌。

好幾次我看著方筏，完全明白航海人與船隻共存亡的情誼。

13 隊伍

漂流第一天清晨，八月二十三日，由戒護船和方筏兩個浮具組成的漂流隊伍，泛漂在台東大武和太麻里之間的外海。前一晚十一點四十九分按下GPS開始漂流後，直到破曉，才得以清楚看見從台東富岡港拖行至大武海域後無動力狀態下漂流已五個多小時的方筏。

拖纜還繫著，纜繩鬆弛彎扭在方筏與戒護船之間，船、筏相對位置將近平行，五個多小時來的第一段漂流，還在適應吧，第一晚，船、筏似乎是手牽著手摸黑等速漂流。

破曉後，它們淋一身晨曦一起望向北方。

經前一晚大約六十七公里的長途動力拖拉，水阻沖激下，尚未加裝完整漂流配備的方筏，顯得赤裸和幾分疲憊，在黎明清冷大海裡特別顯得孤影無依。

漂流第一天，團隊的主要工作是上方筏，檢查長途拖行後方筏的傷損和補強結構，再來，就是將漂流計畫中的一些配備繫裝在方筏上。

除了在方筏上裝置遮陽帆，還要將計畫贊助者委託的九十九顆玻璃浮球間隔繫成一串，繫綁在方筏上一起漂流。另外，還要將與漂流計畫合作的球背象鼻蟲研究用的二十四顆棋盤腳果實以網袋分成三串繫掛在方筏邊。

大約半天工夫，我們裝潢了方筏，彷彿為方筏穿上了得體的漂流衣著，配戴了首飾。方筏不再形影孤單，又因為增加了玻璃浮球串和棋盤腳果實一起漂流，漂流隊伍看起來豐實多了。

「黑潮一〇一漂流計畫」中的「一〇一」，與台北一〇一大樓無關，也不是隨便抓一組數字來裝飾計畫名稱。緣由是這漂流隊伍原本規劃：一艘戒護船，一艘方筏，和九十九顆玻璃浮球，一共有一百零一個浮具一起漂流，因而稱「黑潮一〇一漂流計畫」。

完整的漂流隊伍在漂流的第一天上午成形。

有道長纜，連接方筏與戒護船，也有道較短的繩纜連接方筏跟玻璃浮球串；當然還有三串漂在方筏邊的棋盤腳。這些棋盤腳因為是半途參與進來的合作計畫，不在計畫原初的構想裡，所以並未加入計畫名稱中的阿拉伯數字。

我們只是繫結這些物件成為漂流隊伍，未曾考慮這漂流隊伍入海漂流後，到底會展開、拉開來成線性行列一起橫隊平行漂流呢，或排成縱隊先後漂流，還是不時互相磕磕碰碰糾結擠做一堆亂成一團？

記得過去在黑潮裡捕魚，無論使用網具或繩鉤捕魚，有時整座漁具受海流拂擺成飽滿伸張的一直線，也有時，不曉得什麼原因，漁具好像被海流搓揉折騰而糾纏成一堆。

漁具泛漂於海，受海流操弄，可以順利地前後有序，也可以治絲益棼地亂成一團。同樣海流，卻無可捉摸，再如何經驗老到的漁夫也無法明白發生這差異的緣由。

我們是白操心了。

沒想到的是，漂流隊伍組裝完成後，接著的幾個鐘頭漂流，隊伍自動排序，由北而南，由小而大。漂流隊伍依序為：玻璃浮球串、方筏，殿後的是戒護船。

方筏幾分像是戒護船放出去漂在海面上的一只方形風箏，玻璃球串，則像方筏擎在前方探路的一把尖點長劍。

更沒想到的是，直到收回玻璃球串前，隊伍就保持這樣的順序，持續漂了好幾天。差別只是之間繫結的繩纜，有時繃得比較緊，有時則呈現鬆軟狀。

是黑潮這些天特例善待漂流隊伍嗎，或者，我們規劃的一〇一個個體間彼此相對的大小或水阻和風阻都恰好投合了黑潮為漂流隊伍排序的癖好？

這時「北風、南流」，風向由北而南，流向由南而北，流向與風向逆衝，我猜想，這是漂流隊伍順序列隊的原因。

每顆玻璃浮球直徑約十五公分，半顆露出海面、半顆埋入水下，半顆逆風，半顆順流，球體光滑阻力小，這些玻璃浮球受黑潮海面下鴨子划水的流勁強過海面上的風勢，因而率先漂在隊伍前頭。

緊接著是三公尺四方貼著海面的方筏。方筏構造簡單，水下約二十公分，浮海僅四十五公分高，筏面平貼於海，顯然風阻小於水下流勢，但方形結構加上體積及重量，遠大於玻璃浮球，於是漂流順位排名居次。

排在最後的是二十五公尺長，約三公尺船高的戒護船。戒護船舷牆若一堵擋風牆，橫側身受風，水線下約一公尺，水線下的船體受力往北，水面上的部分則乘風往南。應該也是流速勝過風勢，船身稍稍側傾，仍然望北漂流。但船身體積、重量、風阻皆大於方筏和玻璃浮球，漂流速度殿後。

只能從常識、經驗上做判斷，真相如何，不敢確定。

漂流等於放手，不再人為操控速度和方向，放下自主，放流於大洋，不管圓的、扁的、方的，都將自己交給天、交給風、交給海去做判斷，依各自的體質和長相，快的快，慢的慢，一陣子漂流後，彷彿水篩子、風篩子篩過，快慢自有道理。

放任和隨意中，感覺到好像有個繁複龐大的力量，有時在空中有時在水裡，盯著這場漂流，而且，時時出手介入這場漂流。

海流的力量，風的力量，和許多未知的力量。

漂流過程中，感覺海面上、下，擁擠著許多複雜且無以感知，無以形容的力量。這些力量，有順的、有逆的、有橫著來的、有斜切進來的、有衝突的、有加成的、有臨時起意介入的。這所有施力，被綜合起來加加減減、折折扣扣，最後，漂流者被賦予眾多力量處理協調後呈現的方向和速度。

這期間，人為所能干預的，只剩下隊伍之間串接的繩纜。這道纜繩讓漂流隊伍分散為三個不同節奏合成的一體。若失去之間的纜繩連結，可預見的，很快將各自散去，失散在茫然大海裡。

人世裡的人際關係彷若如此，一旦關係鬆手，各自分飛。

我們生活中感覺到的施力重點，從來以自主力道為主，先掌握了自己，才來看外在營力的影響。這趟海上漂流，順序完全顛倒。外在的影響是主力，遠超過內在所能掌握的力道。

記得年輕時，東北季風期間在鏢漁船上追獵白肉旗魚，這季節北風強盛，中午休息時，船長退開離合器，船隻「放流」（無動力漂流）。

自由漂流狀態下，沒想到，三分鐘不到，側舷逆風，船隻很快地自動調整角度橫擺為東西向。

船隻側風，不僅我們這艘船，視線可及的海域裡，所有停下來的鏢漁船，也都與我們方向一致，船身橫擺為東西向。

風，似乎擅長於擷住船隻側舷牆面為最大面積，然後用風勢頂住它，讓海域裡所有船隻都迴擺成一定姿勢。討海人稱這情況為：「飛風」。

放下人為操作，天地大海其實有她的自主力道，彷若既定規則。

那年跟隨遠洋漁船航行到新加坡港的錨泊區下錨整補。

錨泊區裡有近百艘下錨泊停的大大小小各種船舶，無論船體形樣及噸位大小，所有船隻規規矩矩同方向排列。包括下錨後的我們，也緩緩自動擺正，與所有錨泊在這裡的船隻方向一致。

這裡近赤道，風力一般並不強盛，應該不是上述的「飛風」列隊狀態。數個鐘頭後，我發現，錨泊區裡所有船隻，全自動各自旋轉一百八十度朝向反轉的另一個方向。

這些船舶，動不動噸位都好幾千甚至上萬噸，近百艘船，同時一百八十度旋身迴轉，這需要多大的能量啊。

儘管這旋轉是悄悄進行的，速度緩慢到連身在船上的我也並不知覺船隻、船隊整個方位已經調過頭來。這迴轉船隊的大工程，完全在我不知不覺狀態下悄悄完成。

這是海流的力量。

當海流流向逆轉，所有錨泊區裡的船隻方向，以錨鍊為支點，跟著半圓迴轉。

時常行走海邊，當我走在卵礫灘時也常發現，灘上卵礫的排列似乎大小有別，差不多體積的會自動聚在同一區塊。

這片是大顆的，那邊是中卵礫、後頭是小粒的，物以類聚似地分門別類，各自找到不同的區塊安身。

有次，走到一段礫灘，這段海灘的石礫樣貌大致扁平，灘上一整片，竟像魚鱗排列片片相疊，這裡的每顆石礫都以相似角度面向大海。

這到底是誰，用這麼大的工夫，這麼大的力量，推砌排列一整座海灘所有的石礫？海流、浪流、水流，無比柔軟也無比堅實。

海上生活不少年了，有些現象或可以用原理和經驗去猜想幾分，有些則是如何猜、如何想也摸不著邊際。

記得有次漁撈航程，船長嘆說：「風哪透，流那挾。」（意思是，北風愈強盛，南流流速愈強。）這說法完全違反邏輯常理，持續的風向是海流形成的主因之一。海流的流速與流向確實密切受風影響，照理說，北風愈強盛，由南而北的黑潮流勢，勢必承受北風風阻而減緩流速。然而老船長的說法，兩個相抵衝的力量，在黑潮流域裡，竟然是互為相乘的。

方向相逆的風愈強則流愈挾（漁人常以「挾流」形容海流流速湍急），這現象完全不合常理。

這些天來，海上終日颳著風勢不小的北風，我們的漂流隊伍還是被黑潮攜著，不畏風勢，以二點七節流速（約五公里時速），逆風、逆浪，往北方快速漂流。

戒護船在「飛風」狀態下，船身承接的是水面上的風力以及水面下的流力，一抵、一推，船身是承受不同空間裡的兩個不同方向營力的相互作用。然而，「飛風」下的船隻，竟然不受風阻，仍然快速往北漂去。

這兩股力量假若我們以黑白兩色來做區別，假設空氣是白色的，黑潮海流是黑色的，船隻浮著的海面將是黑白之間一道彎曲的波幅流線。黑白兩區的力道，在這道高低曲線下起伏震盪，相融互為。

這讓我想到的是一幅黑白分明的太極圖。

阻力或助力，大洋裡的互動流轉，因規模浩瀚，不是我們的視野能夠透徹的，這一切現象，遠超過我們的認知與想像。

漂流隊伍在這狀況下，我想，更好的形容應該是「放流飛風」。

「飛風」是明的、白的、屬於海面上的；「放流」是黑的、是沉埋於水下的。水面下的黑潮能量，如太極圖黑色的部分，是股內斂內涵且安靜柔韌的力量。漂流隊伍被這力道抓著，被這力道安排前後順序，不知不覺且無比安靜地被這力道牽引。

漂流幾天後，強烈感受，漂流並不只是任意、隨意地放下、放空而已。

漂流是放下人為的既定，轉交給天地大海來掌理。

漂流幾天後，我發現，整個漂流隊伍及漂流狀態，並未失控、失序。

天地大海確實有股莊嚴磅礴的恆定力量，看著這場漂流，順撫著這場漂流。

玻璃浮球、方筏和戒護船串成的漂流隊伍以外，我們也遇到一些匆匆往北漂走的漂流物。

相對位置、相對關係，因為海上無定點地標為記，方筏上的我，並不覺得整個漂流隊伍是前進或後退？是快是慢？並不知覺漂流隊伍是停止或是在原點打轉。

只能憑藉戒護船上的ＧＰＳ資訊，得知自己的漂流動靜。

大海中的漂流隊伍，若是沒去參考儀器測得的數據，並不知覺自己是漂流在如此高能、高溫且流速匆匆的地球主環流中。

這些無可解釋的現象，渺小的我們只能管窺蠡測，終乏大觀。

我們無以得知，無從想像，甚至無以感知，如同生活於地表，我們已感覺不到地球快速的自轉和公轉。

漂流隊伍，的確是行列有序地漂泛於地表上的一個大能量場中。

14 玻璃浮球

九十九顆玻璃球串成一串，成為漂流隊伍的前鋒，是隊伍的尖點，像一把劍，領著漂流隊伍破浪前行。

十五公分直徑的玻璃浮球，儘管空心，但每顆可都是帶著兩顆溫暖的心下海漂流。

漂流計畫因為內容諸多違法（違反不合時宜、不合理的法令），因此計畫執行前，不可能向任何政府機關申請到任何一塊錢的計畫補助（若是補助，表示認同該計畫，萬一發生意外，不僅惹麻煩，且得承擔責任）。儘管克勤克儉執行計畫，但經費確實為計畫現實所需，只好轉向民間募集。

捐助者都是理念認同的無條件捐助，但為了感謝贊助恩情，除了將以計畫出版品（計畫出版書籍及計畫紀錄片）做為回饋禮物，玻璃浮球也是我們設計來做為回饋的禮品之一。

玻璃浮球曾是台灣漁船上重要的傳統漁具。大多數漁撈作業，都需要浮力來懸浮網具或繩鉤，也需要浮球來標示水下漁具位置及漁獲狀態。在塑膠、泡棉、保麗龍等材質的浮球出現以前，常見玻璃浮球在島嶼海上漂蕩。但因材質重，攜帶不便，又容易因碰撞破裂等缺點，如今已完全被取代。島嶼海域，再也見不到玻璃浮球。

以玻璃浮球做為計畫回饋贈品，一來是紀念傳統漁業文化，二來是因為漁網或繩編裹覆的玻璃浮球，原始粗獷中帶幾分優雅，算是極富特色又如今罕見的海洋藝術品。

規劃階段，關於玻璃浮球，我們浪漫想像，只要捐助計畫一萬元，將回贈一對編號相同的玻璃浮球為禮物，一顆留在岸上，另一顆我們隨計畫帶到黑潮裡去漂流，讓岸上這顆，殷殷期盼著另一半漂流回來。

海上漂流這顆，也會因為有了岸上的期待，無論如何也要拚命完成任務平安回來。

感謝捐助者的心，以及期待漂流歸來與另一半重逢的心，空心的玻璃浮球於是帶著兩顆溫暖的心下海。

那為何是九十九顆？

可不是模仿浪漫的九十九朵玫瑰，漂流適度就好，並不需要長長久久。

使用九十九顆浮球的原因，主要是預估漂流計畫經費約一百萬元，我們打算尋找九十九位捐助者，籌募九十九萬元為計畫經費。

大概是期待玻璃浮球歸來重逢的故事有些動人吧，當然，更重要的是好朋友許悔之先生的大力推薦。下海漂流前，已如願募集到計畫經費。

記得過去執行的海上計畫，不少計畫都是在負債狀況下，就不顧一切下海執行。漂流計畫是難得能在經費無缺狀況下進行的海上計畫。

計畫一開始的構想，我們是想攜帶這九十九顆玻璃浮球到黑潮裡，放它們自由漂流。每顆浮球底下將繫掛不銹鋼片，鋼片上鏤刻漂流計畫訊息；也打算讓每顆浮球都繫上發報器，藉以追蹤浮球的漂流航跡。

我們預計其中不少玻璃浮球將在島嶼東部沿海上岸擱淺，當然也會有一部分漂越國界散布於他國海岸。不銹鋼片上的漂流中英文訊息，將詳載拾獲者送回浮球的辦法與獎勵。

我們估算，就算只收回十顆，這十顆所記錄下來的訊息，將會是一筆可貴的黑潮資料。

大海開闊茫然，海流無國界，又上岸擱淺的浮球將遭遇激烈衝擊，我們判斷，破損率一定很高，而回收率一定很低。那樣的話，岸上等不到另一半回來的悲傷將會太多。

二來，玻璃球若是攜帶能夠記錄航跡或透過衛星標示位置的發報器，這發報器每支的單價恐怕台幣五萬元起跳。這種花費，我們的計畫規模，完全無法負擔。

也考慮到，玻璃浮球若是漂到國外去，而且破損，是否會被認為是製造跨國海漂垃圾。太悲傷、太昂貴，以及恐怕造成負面效果，這自由漂流的構想現實上並不可行。再三討論調整後，只好接受現實，決定將九十九顆浮球綁成一串，加入隊伍，一起漂流。方筏上會有一支跟水試所台東分所借來的發報器，它能透過衛星記錄航跡及標示位置。漂流回來後，我們會將航跡標示在台灣地圖上，做成紀念卡片，跟玻璃浮球一起送給捐贈者，讓捐贈者得知，其中一顆浮球在黑潮台灣段的海漂航跡。

玻璃浮球因為已經不再是尋常漁具，得特別請玻璃工廠手工製造。又因玻璃材質重，運搬不便，作業過程中更得小心翼翼，防止碰撞破裂，造成損失和悲傷。

漂流第一天，我們是一顆一顆從戒護船上遞接到方筏上，方筏上的工作伙伴，再以一道長繩，以隔開彼此避免相互敲碰的安全距離為間隔，一顆顆繫綁上去。

漂流狀態下的方筏隨浪湧晃，筏上繫綁這批玻璃浮球的作業確實繁瑣。伙伴也曾質疑說，為何不用輕巧且耐操、耐撞又價格便宜的泡棉或塑膠浮球來代替。

我說，如果你收到的禮物有玻璃浮球、塑膠浮球和泡棉浮球，三選一，你會選哪一顆？

於是，漂流計畫就選定得特別小心照顧的玻璃浮球一起漂流。

15 狀況

玻璃浮球串成長串放下海面一起漂流那天，漂流第一天，傍晚時測得流速三點零五節，流速飛快。

沒想到，天黑後不久，就遇到了下海漂流的第一個狀況。

傍晚六點四十五分，天色已暗，船長匆匆跑來說：「這樣不行，這樣不行，我們已漂近台東市區，離岸不到一浬，還繼續快速地往岸上漂去，再漂下去恐怕會上岸擱淺。」

若真的漂上岸擱淺，將會是一場天大的災難。

怎麼會？

這天清晨，漂流隊伍離岸約十二浬，在領海邊界，離岸算是有段距離的，怎麼會才一天漂流忽然就剩下一浬不到。況且天黑前，我們目視的離岸距離還在安全範圍內，為何天黑後，海流帶著漂流隊伍朝岸邊暴衝。

海上狀況難以設想，遇到了狀況就得立即面對，並且妥善處理。離岸剩不到一浬，還快速往岸上漂去，位置不對，時間不利，這狀況只剩兩種選擇。

第一種選擇，繼續觀察漂流動向，一邊上方筏解除筏上的所有繫掛物，玻璃球串和棋盤腳等等。因動力拖拉方筏時，這些繫掛物將承受重力水阻，累贅事小，若繫纜斷裂，繫掛物流失或破損，造成的損失都無可彌補，也無法跟岸上的期盼做交待。

第二種選擇，即刻啟動戒護船引擎，將整個漂流隊伍，往外動力拖拉到安全距離外。何況天色已暗，上筏解除繫掛物將耗力費時，緊急狀況下的筏上工作，上筏工作伙伴也可能面對不測風險。

第二種選擇是以整體安全為最大考量。狀況緊急下的因應措施，無可周全，只能不顧繫掛物流失或碰撞破損的可能，立刻做出決定。

說動就動，即刻檢查與加固戒護船與方筏間的拖纜，立即啟動戒護船引擎往外拖行，來化解暴衝上岸的危機。

狀況發生並化解後，檢討原因時才發現，原來，台東縣南端大武到台東市這段海岸，是台灣這顆番薯開始消瘦下去接近島嶼尾的部位，這段海岸近似東北走向，黑潮最大流向若是往北，確實會將我們往台東市北邊的卑南溪口推進。

第二，漂流隊伍東側是依著綠島、蘭嶼走向與台東海岸形成斜交的海底呂宋火山山脈，我們這天的漂流位置，恰好在海底火山山脈彷如漏斗口位置，這裡的海流應該會因為海底地形由寬而窄形成「挾流」（流速湍急的海流）。

第三，這狀況提醒我們，不要輕忽海流的能量，特別是那種靜默且無形無聲，悄悄就能改變一切狀況的能量。

狀況緊急，戒護船立即啟動引擎，拖纜分成兩股，以Y字狀繫在戒護船尾舷兩側繫纜樁上，往外拖拉方筏。

船隻一動，戒護船槳葉掃出汩汩白沫，源源不絕的集體滾滾奔向船尾，湧向落在船燈光暈範圍外大片黑暗裡若隱若現的方筏，以及船上目視不可及，繫掛在方筏上更纖弱的玻璃球串和棋盤腳串。

戒護船一動，我心頭一緊，全部心神都落在船尾外的方筏及其繫掛物上。

方筏材質簡單，又手工打造，強勢拖拉，難免傷及筋骨。「對不起了，方筏，實在是情非得已。」我站在艉甲板上，默默跟正在承受激烈浪流的方筏致歉。

更對不起的，其實是拖在方筏後頭的玻璃球串，及掛在筏邊的棋盤腳串。「對不起了，請你們盡量抓緊，並堅持到底。」

狀況緊急，情非得已，也只能這樣默默禱念了。

拖行途中，它們所承受的水流阻力，大概是當我們站在瀑布底下沖水時，身體感覺到疼痛的類似水流壓力吧。

那天早上，跟我一起在方筏上繫綁玻璃球的年輕小伙子，與我一起默默站在船尾，盯著船尾海上看。我能明白此刻他心裡的不安。

此時，多麼想回到上午方筏上繫綁玻璃浮球和棋盤腳的那一刻，我們一定會為了往後可能的動力拖拉，更仔細、更謹慎地牢牢繫綁每一顆浮球、每一顆棋盤腳。都是這樣，後悔總是遲到一步。

同理心吧，我完全明白他心底的不安，苦中作樂，玩笑語氣跟他說：「若掉了，找你負責。」

小伙子不曉得我在故作輕鬆鬧他，整個人，整個神情倏地大幅顫了一下。很長一段時間過後，我都還清楚記得這一刻，他受驚嚇時的神情。

老天給的考驗，這責任誰負得起啊。

他竟純真地以為我在責備，趕緊回頭安慰他，一再說明純粹只是苦中作樂的玩笑話而已。

往外拖行三浬後，停船測得流速二點三節，流向二十度，偏北北東，流速不再飛快，流向偏外，上岸擱淺的危機終於解除。

稍稍喘口氣，但掛在心底的擔心，仍不得解。

天色暗沉，經過這一場強力拖拉，無法確定方筏上的繫掛物是否每一顆、每一樣都安然無恙。

再怎麼擔心，都只能耐心等待天亮後才能下海檢查。

16 測試

該裝置、該維護的基本工作完成後，漂流隊伍就緒，剩下的時間大概就是閒閒看海的日子。

誰也不曉得漂呀漂的幾日後才能漂到終點，漂流的日子，光陰隨海流晃蕩，時間忽然變得跟舷外流過的海水一樣多。

漂流途中，手機網路訊號隨船隻離岸或近岸閃滅不定，黑潮似乎透過這閃滅方式提醒我們，她的流域裡，比較適合抬起頭來看海，而不是香蕉一樣彎著背看手機。

我們都已習慣透過網路與人世連接，或是融在網路世界繽紛繁燦的聲色裡過日子，但大海既茫然也單調，漂流日子若是斷了網路訊息，伙伴們彼此間的褒貶話語或玩笑話也講得差不多時，漂流期間，大概也只剩下靜靜看海的唯一活動。

除非能看出什麼大道理，不然很容易因為無法排解過多的時間而厭膩了看海的日子。

漂流途中必要開創一點把戲，為過於平靜的日子添點色彩，殺點時間。

船舷如牆，隔開有限空間的甲板和外頭無垠的大海，只要能離開戒護船船舷的限制，大海遼闊，屬於海人體質的伙伴們，有太多好玩的把戲可以嘗試。

譬如，從戒護船船上跳水、在黑潮裡划獨木舟、躺在黑潮裡試試人體漂流、上去方筏感受一下少年Pi奇幻漂流的滋味、大洋裡潛水、船筏下魚群生態觀察、像是繞田徑場慢跑一樣繞戒護船和方筏游個幾圈訓練體能等等。

然而，戒護船的身分為海釣船（娛樂漁船），依現行法令規定，這種船上，任何人員不准離開甲板。儘管這艘戒護船船主有額外申請了潛水營業證書，以上譬如的這種種活動，除了潛水，通通違法。這法令限制讓船舷成為監獄牢牆，讓開闊的海因為被限制只能觀望不能觸摸。

再怎麼開闊，當有了限制，海洋也變得窄隘了幾分。

因此我們就想了個詞，「測試」。

這些離舷的活動是計畫內容所需，是為了收集黑潮資料，我們將進行各種科學測試。

一方面用來安慰自己的違法行為，一方面也是為了測試一下這些規定合不合理。

記得二十年前推賞鯨活動時，賞鯨船身分也是海釣船（娛樂漁船），出航檢查時，船上都要準備幾根釣竿受檢。意思是，海釣船出海只能海釣，按規定不准從事其他行為，包括賞海豚或賞鯨。

出航時，我都會提醒船上賞鯨遊客，等一下遇到海豚時，眼睛閉起來不准看，法令規定的。

你一定不會相信，島嶼海上活動曾發生過這麼多有趣的事。

先來個戒護船跳水測試如何。

船舷三百六十度開放，爬高爬低，高低跳台請依各自能力挑選，無論姿勢美或醜，敢跳就可以。

船上觀眾沒幾個，即使啪嗒一聲以身體平面撞擊海平面，贏得的嘲笑聲也不會比啪嗒撞水聲更響亮。

可以一跳再跳，練姿勢、練技術、練膽量。跳出船舷後，來得及的話可以想想，迎面而來的可是地球上面積最大的水池子，而且，保證不會有撞底的危險。

獨木舟測試也不錯。

戒護船上備有兩艘獨木舟，用來做為戒護船與方筏間的短程交通需要。伙伴中有幾位體能佳、技術好的獨木舟高手。這當然要下海測試。後來因船長堅持戒護船與方筏間的拖纜必須一直繫著，不然因漂流速度不一，戒護船就得時時發動引擎，時時都要警戒著看緊並四處追逐方筏，甚至尋找方筏。因此船筏之間的交通，以手動牽拉拖纜，將方筏拉近船邊，讓人員或物品上下，會比划獨木舟方便。因此，獨木舟從工作船屬性，轉為大洋划舟測試體驗活動的娛樂性小舟。

看，年輕船長開船南來北往海上經驗多麼豐富，仍然對小小獨木舟感興趣，好幾次，野餐一樣，他獨自划舟帶食物到方筏上享用，餐後還下海在筏邊游了一陣子泳，然後再划回戒護船，完成一趟獨特的海上小旅行。

船上攝影團隊中有好幾位潛水高手，拍攝需要，他們常揹氣瓶在船邊潛水。有次我在船邊游泳，看到他們從深處仰角往上拍，黑潮水質乾淨，也好幾次看他們像一條魚在我底下吐泡泡後，悠哉悠哉地游過。

儘管大洋裡的潛水環境沒有珊瑚礁海域那樣繽紛多彩，但只要漂流夠久，船下聚成的魚類食物鏈網絡，顏彩也許遜色些，但魚的種類可能不輸給珊瑚礁海域，而且在大洋主要的洋流裡潛水，也是潛水人難得的經驗吧。

大洋裡這些活動測試，也許你會擔心，不會有鯊魚嗎？

地球上的鯊魚一共有三百多種，只有寥寥少數幾種會因為誤會而攻擊人類。何況，鯊魚在島嶼海域被大量捕撈，沿近海遇到鯊魚的機會比樂透中獎率還要低。

也許你也會問，黑潮流速不是很快嗎，下海活動不會被海流沖走嗎？

答：相對速度。

解釋：漂流隊伍持續隨快速的黑潮漂流，下海活動的人，的確是被快速的海流沖著走，但整個漂流隊伍也是被同樣的海流帶著走，因此，在船邊活動的人不會在短時間內特別被沖離開漂流隊伍，除非刻意朝著遠離漂流隊伍的方向拚命游。

這趟黑潮漂流，我們測試了多樣離舷活動，這裡只例舉幾種當做樣本介紹。

這些活動介紹，會不會讓你心癢癢的也想嘗試？

沒錯，國外不少遊艇富豪，他們出海去玩的就是類似這些活動。當然他們遊艇上有酒吧、聯誼廳、餐廳等等豪華設備，比起我們的戒護船當然高檔許多。但這樣的遊艇造價至少千萬台幣以上，這樣的遊艇活動可是少數富豪們的專利。

然而，遊艇和戒護船離舷所接觸的海是大同小異的，何況島嶼的黑潮流域能享用的離舷活動，可能還要更高檔些。

這趟漂流後，未來若有機會突破島嶼這些自我設限且惱人的法令規定，我們可以以類似這趟漂流計畫的設施，以戒護船和方筏等等裝備及概念加以改善，提供島嶼大眾以經濟花費，享受類似國外富豪遊艇的舷外海上休閒遊憩活動。

島嶼坐擁大洋黑潮流域如此動人的資源，這些不合理的法規，顯然剝奪了島嶼居民的海洋基本權益。

黑潮裡能測試的離舷活動，當然不只上述介紹的這幾種而已。

我們也做了海釣測試、船上風箏測試、黑潮咖啡測試、漁夫海上料理測試，這些測試，都可能成為日後台灣黑潮海域休閒活動的參考樣本。

伙伴們可都是認真地在執行黑潮漂流計畫。

漂流後，每次我在演講場合分享黑潮漂流計畫後，常試著詢問聽眾，若規劃一個週末，兩天一夜，我們搭船到地球主環流黑潮流域中漂流一段，可以看海上升起的第一道曙光，可下海觀賞船下聚集的魚群，可海釣、海泳、跳水、划獨木舟，有方筏平台可賞星或野餐，若有這樣的海上行程，你願意報名參加嗎？

十個中九個興致盎然。

儘管漂流計畫並未將計畫成果含括日後發展休閒活動的可能，但這趟計畫伙伴們測試(玩)出來的活動，都有可能轉化為未來台灣黑潮漂流休閒活動的無窮商機。

島嶼社會資源有限，富豪們的頂級遊艇生活，一般人不會有太多機會享用，但島嶼確實擁有一流的海，一流的黑潮。

17 天亮了

漂流第二天，好不容易，天終於亮了。

前一晚入夜後，遭遇海流暴衝迫岸狀況，來不及收拾玻璃浮球和棋盤腳，緊急往外拖拉三浬，化解擱淺危機。黑夜裡無法檢查如此強勢動力拖拉，如此經過強力水流沖刷後，方筏和筏上的裝備儀器等是否無損，繫掛於筏邊的玻璃球串和棋盤腳串是否全數健在。

海上的任何損失，通常都無可挽回，也無以彌補。知道掛心無濟於事，還是忐忑了一夜。

天終於亮了。

浪頭明顯比前一日洶湧許多，北風遒勁，水色墨沉，流速三節，流向三十，偏向東北。

天亮後，船長看著舷側海水好幾次近似讚嘆的口吻說：「正烏流（黑潮主流）。」

水色重，水氣也重，海天一片蒼茫，晨曦似乎也變得沉鬱了幾分。

早餐後，我和兩位海上經驗豐富的年輕伙伴，穿上救生衣，帶工具袋，登方筏視察並維修可能的災情。

如此緊急拖拉，不可能沒有災情。

首先發現，方筏竹架子變形。

原本方正的方筏結構，幾分像風災蹂躪後草木疲憊的頹態。

幸好這部分算是輕傷，修補加固後，繼續執行漂流任務確定沒有問題。

更擔心的是玻璃浮球，一顆都少不得。

該是好消息吧，玻璃球串一整串大體都在，只是原本如簾珠子般一顆顆間隔繫綁著的瘦長球串，拖拉後，如今全數被水流沖擠在繩纜底端，像聚果累累的一串臃腫大葡萄。

下水游過去點數，一顆顆水漾漾緊緊立體交疊，有無破損都無法檢查，何況數量計數。

數了幾遍也點不出結果，只好作罷。

大概只能等整串拆解下來，才能一一檢查跟盤點。但拆解、點數，再重新繫綁，工程太大，特別在這不安的風浪下。

懸著的心，就繼續懸著吧，先修護方筏竹架要緊。

一邊進行修護工作，前一天跟我一起繫綁玻璃球的小伙子，忽然悄聲跟我說：「我認為一定有流失的。」

「怎麼說？」

「我記得昨天繫綁時的最後一顆，最接近方筏這顆浮球的編號，剛才下水檢查時，怎麼翻揀，也找不到最外緣的這一顆。」

「確定？」

「至少確定這一顆是不見了。」

這真不是好消息。

遺失了玻璃球，將如承諾失約，恐怕不容易圓滿補償再也等不到伴侶漂流回來的悲傷。補償問題，也只好等計畫結束再來細想。也希望，遺失的僅止於這一顆。

盤點棋盤腳，流失三顆，也不是好消息。

棋盤腳流失事小，這每顆棋盤腳裡頭，可是各自搭乘著一隻球背象鼻蟲的幼蟲。牠們失散後，這附加的研究計畫就少了三個樣本。遺失的其實是三隻幼蟲，畢竟是生命，又一起在黑潮裡漂過，多少還是覺得感傷。

只能祝福，希望這三隻幼蟲能順利漂上岸，並順利地在新天地存活下來。

浪大，方筏顛簸，竹架修護工作進度緩慢，我們三人跪著、趴著，將加固的鐵線和纜繩穿過方筏下的竹架，再以人力摧緊、繫結。

劇烈搖晃下還得使勁，過去捕魚的痛苦暈船經驗記憶猶新，漂流狀態，加上使力過度，這狀況最容易暈船。

果然維修工作沒多久，筏邊傳來嘔吐聲。

海上經驗豐富的兩個小伙子都嘔吐了。

這讓我有機會倚老賣老拍拍胸脯玩笑地嘲笑他們倆：「看吧，薑還是老的辣。」

大海不會忘記，隨時以各種方式來檢驗一下每個人所累積的海洋經驗。

才完工上戒護船喘口氣，一下子船上就喊了：「啊，漂走了，啊，逃走了。」

探頭看，不曉得為什麼，大伙眼睜睜看著一顆棋盤腳從筏邊掙脫網袋，浪裡扭了兩下，像是掙脫束縛後的鬆展筋骨，然後往北急行，以投奔自由的氣概和速度飛快脫離漂流隊伍。

攝影師水性好，動作機靈，他即刻套上蛙腳，舷邊一躍而下，想追回這顆脫隊逃逸的棋盤腳。

棋盤腳擺脫束縛，逆著北風，速度飛快，似乎下了很大的決心。攝影師踢蛙腳追出五十公尺外，還是攔不下牠。

還是祝福吧，雖然沒來由，但假設牠真的是攜船投奔自由，也祝福牠和牠的船，找到新天地，順利存活下來。

18 棋盤腳

漂流計畫籌備過程中接獲訊息：有位林教授想進一步聯繫，關於漂流計畫。

約見面後，林教授說，有次坐高鐵，隨手翻閱高鐵雜誌，看到漂流計畫的介紹，想說有個昆蟲研究計畫，也許與黑潮漂流有關，是否願意進一步談談合作計畫。

彷若天上掉下來的禮物，過去經驗，在島嶼上，以科學研究為名的計畫比較容易被認同，無論是政府單位或一般社會。

儘管是附加在黑潮漂流計畫裡的合作計畫，心裡明白，這將為整體漂流計畫增添不少名正言順的效益。

過去曾幾次以討海人身分執行計畫，計畫籌備過程中的各種申請與爭取經費的說明總是分外崎嶇。

「當然歡迎。」

拜訪林教授研究室後，漸漸了解這項昆蟲研究計畫相關的一些資訊，也是第一次從圖片認識了這種可能與黑潮漂流有關的保育類昆蟲「球背象鼻蟲」。

儘管圖片是平面的，但從牠們身上亮眼的斑紋和金屬光澤，很難不聯想，牠們簡直就是形色斑紋各異的一顆顆璀璨活「寶石」。

林教授介紹牠們時也說過，就是因為像寶石，曾經被大量採集，而有了生存壓力，才被列為保育類昆蟲。

漂流計畫結束後也過了一年，直到今天，其實還不曾實地見過球背象鼻蟲，也從來不曾見過牠們的幼蟲。但是，漂流期間又曾經與牠們的幼蟲如此靠近地一起在黑潮裡漂流。

這是一段很特別的經驗和緣分，不曾謀面，又倍感親切。

回想起來，甚至還覺得，與牠們有過一段曾經共患難的特殊情感。

球背象鼻蟲在東亞主要分布於菲律賓群島，台灣只在蘭嶼和綠島兩座島嶼發現，更北的分布就是琉球群島。

黑潮拂過這一系列的火山島弧。

球背象鼻蟲翅鞘堅硬，翅膀退化且翅鞘癒合，已失去飛行能力，偏偏又散布於黑潮流經的系列島嶼上，這些島嶼大環境中共有的恆定最大天然力就是黑潮。球背象鼻蟲這樣的列島分布狀態，很可能與黑潮有關。

如繁花競豔，這些島嶼上的球背象鼻蟲，各自擁有極為鮮豔華麗且多樣的斑紋特色。專家們認為，應是島嶼間的海洋隔離，使牠們在各島嶼上演化出多種多樣的斑紋與種類。

這附加的球背象鼻蟲漂流計畫，先合理假設，牠們共同的祖先是搭乘浮在海面的「船隻」，隨黑潮漂流分布到西太平洋邊緣的這一系列島嶼上。

接著就來想像一下，這艘能跨海漂流的船隻長什麼模樣。可能是長條或枝椏狀的漂流木嗎？或者是這一系列熱帶島嶼常見的海漂植物的果實或種子？

叮咚，「棋盤腳」就跳出來了。

棋盤腳果實的纖維蓬鬆厚軟，浮力極佳，又椎狀體，重心穩固，海漂時較能保持頭腳上下穩定，比較不會在風浪裡亂滾；大小若一顆粽子，以球背象鼻蟲幼蟲的個體大小，這艘棋盤腳船的規模又剛好適合；船身果肉纖維厚實，耐撞耐摔，不僅適合遠距航行，也適合搶灘登陸。

最最重要的關鍵，這艘船可以吃。

棋盤腳是球背象鼻蟲的食草之一。

再次叮咚，很有可能，棋盤腳的果實就是球背象鼻蟲隨黑潮散布於系列島嶼的那艘方舟。

這項附加的漂流研究計畫，就是在二十四顆棋盤腳果實上鑽孔，讓球背象鼻蟲的幼蟲鑽（吃）進果實裡，再將這些棋盤腳繫在方筏邊，放置到黑潮裡，隨黑潮漂流隊伍一起往北漂流。

漂流途中，我常在方筏上，可說是陪著二十四隻幼蟲搭乘的二十四艘小船一起漂流。

有時也想到，牠們在裡頭吃牠們的船維生，但我頂多啃一些帶上來的乾糧，比牠們幸運，我不必啃食方筏。

牠們儘管躲在艙裡，但身負重任（假設這不是在做實驗），牠們將在大洋裡長途遷徙，冒生命危險尋找新天地（當然，牠們祖先的漂流事件應該是隨機發生，並不背負繁衍族類的重責大任）。

無論如何，牠們總是族類的先鋒，陸地到海洋，島嶼到黑潮，這樣的先鋒者，通常是前途未卜，命運自然多舛。

對於昆蟲，漂流伙伴們完全外行，漂流第一梯次人員中，負責照顧這群小小漂流隊伍的是一位研究球背象鼻蟲的研究生。船上伙伴們都稱呼她「棋盤腳小姐」。

棋盤腳小姐揹著二十四艘棋盤腳和吃在裡面的二十四隻幼蟲來到登船碼頭。明白就裡的就會明白，這真是一幅美麗又動人的畫面。

漂流第一天，二十四艘棋盤腳繫成三串，以條狀網袋繫綁在方筏邊與漂流隊伍一起漂流。真的是先鋒者多舛的宿命嗎，才第一天漂流，入夜後，即遭遇擱淺危機，必要緊急動力拖拉。

這陣拖拉過程中流失了三艘棋盤腳，不幸失去三位族類先鋒。

隔天中午，又沒來由地逃走一艘，才漂流兩天，已折損四名壯士。

剩下的二十艘繼續艱苦隨行。

棋盤腳形體穩重，但仍然隨浪晃呀晃的，也不曉得裡頭的幼蟲壯士們會不會暈船。但棋盤腳小姐確實是暈船了，而且暈得厲害。坐著吐，躺著也吐。她不敢下去艙裡睡，只好幫她將睡墊鋪在置放行李及器材的中艙甲板上。

棋盤腳小姐就在那裡躺了好幾天，很少看她起來。

每天我都會去搖醒她幾次，除了確認沒事，也提醒她無論如何還是得喝水和吃點乾糧。

接著幾天，漂流速度比預期快，也為了配合「贊助者花蓮海上見面會活動」，漂流隊伍打算提前一天進花蓮港。

進港這天，儘管大伙都忙著為進港工作做準備，但已成為這幾天例行工作習慣之一，我又去喚醒棋盤腳小姐。

這次終於跟過去幾天有了不一樣的對話，我問她：「知道提早一天，今天將要進港上岸嗎？」她點點頭，晰白臉上終於綻出幾天來的第一絲笑容。

第二梯次上船接手照顧棋盤腳工作的是林教授本人。棋盤腳小姐的艱苦任務，或說棋盤腳小姐的苦難，將在今天進港後結束。

但我還是認真地問了棋盤腳小姐：「下梯次船上還有空位，要不要繼續參加第二梯次漂流？」

棋盤腳小姐用她最後的力量，使了最大的勁，用力搖了好幾下頭。我心裡想，棋盤腳小姐恐怕很長一段時間不敢再搭船出海了。

準備進港，帶兩位年輕伙伴上方筏收玻璃浮球，收棋盤腳。

收回的二十顆棋盤腳就擺在戒護船艉甲板角落。我覺得不妥，這趟進港預計停留時間大約二十個小時，如此八月炎陽，棋盤腳就這樣在甲板上曝曬，失去海水調合，恐怕裡面的幼蟲會熱到受不了。

於是進港前又去喚醒棋盤腳小姐，這次不開玩笑，我問她：「收回在甲板上的棋盤腳，就這樣擺著曬太陽嗎，還是得泡在水裡？」

「好。」棋盤腳小姐氣若游絲地回答。

「再撐一下，就要進港了。」我安慰她。

舷邊提了兩桶海水，注入我的書桌（我在方筏上權充寫字桌用的保冷箱）裡，再將二十艘棋盤腳放進箱子裡繼續漂浮。

一念之間，還是覺得不妥。

船隻將泊在碼頭過夜，這二十艘珍貴的小小船會不會被偷了，或被港邊常見的野貓給叼走。對我來說，每一艘都很珍貴，一起在黑潮裡漂了好幾天，每一艘都有感情。

再次去吵棋盤腳小姐：「再撐一下，就要進港了，請問，裝棋盤腳的保冷箱已經灌水，但蓋子要蓋起來嗎？」

「好。」感覺到她的聲息更弱了一些。

蓋上了蓋子，為了安全，還將保冷箱的環扣緊緊扣上。

原始大洋曠野裡漂了幾天，伙伴們野人般都曬黑烤焦了，進港的感覺，彷如來到一處從未到過的陌生世界。

因為計畫只算進行了半截，心裡仍有負擔，一點也沒有回到母港，回到家的感覺。

岸上的伙伴，以及船上伙伴們的親人家屬都來了，碼頭熱鬧，迎接我們進港。一時也忽略了必要看顧或協助棋盤腳小姐上岸。

想起時，發現棋盤腳小姐早已上岸，錯過了觀察棋盤腳小姐踏上碼頭這一步瞬間的表情和這表情背後動人的意義。

隔天近午，再次聚集碼頭，換了第二梯次漂流伙伴上船。

戒護船加滿淡水，也補充了些物資，特別是水果等等。

這梯次林教授親自出馬，接手棋盤腳小姐的任務。幸好不需要接手暈船這件事。林教授不僅不會暈船，接著的漂流途中，這梯次上來的幾位年輕伙伴，都還有賞鯨船解說員底子的，算是有不錯的航行經驗，但他們或多或少還是暈船暈了一陣，才漸漸適應回來。

漂流的搖晃模式跟航行船隻自主狀態的搖晃層次究竟不同。沒想到的是，林教授整個漂流途中，舉止沉穩，不時手上還持書閱讀，真是好榜樣。

時間跳回到二梯次花蓮港碼頭登船準備開航這一刻。

上了戒護船，我直接走到艉甲板，心底確實掛念箱子裡這二十幾隻球背象鼻蟲的安全。掀開保冷箱蓋子，一股腐敗味撲面而來。

「不妙，」我心頭一沉，「這錯誤的一悶，海水腐敗了，浸泡在其中的棋盤腳，也腐敗了，裡頭已歷險漂過約兩百公里的二十位勇士，恐怕凶多吉少。」

趕緊取出，經林教授同意，不再繫掛於方筏邊漂流，而是用我帶上船原本是為了裝魚用的網袋子，裝了這二十顆棋盤腳，趕緊下海，讓牠們泡入戒護船邊新鮮的海水裡。

「要活下來，要活下來。」一邊放牠們下海，我心裡出力吼了幾聲，希望還來得及，希望還有存活機會。

林教授大概也明白了幾分，他說，回實驗室將漂流過的棋盤腳打開，二十艘裡頭，只要有一隻存活，這實驗就算是成功證明了當初的假設。

也不曉得是不是安慰話。

我內心咎責，檢討自己，如果保冷箱沒蓋上蓋子，通風狀況下應該會好很多。真是一念之差，殘害了二十個勇士們的存活機會。

我回想第一梯次將進港前，我犯的最大錯誤是，當棋盤腳小姐已經暈船暈成那樣，我確實是忽略了，會不會這狀況下問她任何問題，她的回答都會是最簡單最省力的「好」。

幾天後漂流計畫結束，返抵花蓮港，林教授就這樣提著這網袋，和網袋裡這群曾經漂過黑潮的球背象鼻蟲幼蟲、曾歷經苦難的牠們回實驗室。

我請託林教授：「回實驗室剖開棋盤腳後，無論如何，請讓我們知道，牠們的存活狀況。」

這輩子從來不曾如此關心過一群昆蟲的前途。

19 一串

真是百密一疏啊。

這趟黑潮漂流計畫，必要以精密思慮來克服海上、岸上諸多不確定因素。單單船次的安排，不僅登船伙伴分為兩梯次，其實戒護船也備用了甲、乙兩艘，為的是因應萬一有關單位堅持要以「離港不得超過四十八小時」法令來強制要求時，我們備了乙船待命，隨時出海接手甲船任務，以兩船輪替來克服極不合理的法令限制。

幸好備而不用，不然船租、油料、時間花費，加上人員往返上下所增加的風險，一定會讓人想罵髒話。

海上生活是這樣的，掉了什麼都找不回來，缺什麼都沒得補。很多東西一般看來無關緊要，但要用時缺少，又沒得買，就會很麻煩。若明明應該準備好的，卻疏忽或遺忘，這麻煩就會轉化為又懊惱又沮喪的情緒。

因此，出航前的整理，可說是盤點再盤點，整備再整備，寧願這時煩瑣，也不要到海上才來後悔跟懊惱。

真是百密一疏，第一梯次連闖三關順利出航後，才發現，天啊，船上十幾個人，這幾天的水果只有一串芭蕉。

水果雖不是絕對必要的糧食，但現代人都有吃水果習慣，不僅如此，還講究每天吃的水果至少要三種以上。

這趟竟然疏漏了水果這項非絕對必要，但大家都會想要的海上重要物資。

這串芭蕉，其實並不在規劃上船的食物清單中。

它的由來是黑潮基金會有位志工在花蓮種蕉，時不時就會帶一串來送給黑潮，讓黑潮來來去去的伙伴們，隨手摘，隨口吃。出航前一天，在黑潮基金會開行前會議，恰好遇到了新送到還綠色外皮的這一串芭蕉，就隨口跟黑潮執行長說，這串蕉讓我們帶出海好嗎。這一串芭蕉，就這樣因緣際會地來到海上漂流。

幸好這串蕉不是水果攤擺售的那一小串，而是芭蕉樹上直接割下來的那麼大一串。量應該夠，只要分配得宜，應該夠十幾人好幾天食用。儘管只有單一種水果，海上嘛，懊惱歸懊惱，就包容隨意些吧。

只要分配得宜。

船上若分配的是必要且有限的飲用水，當然得強制，但一串蕉嘛，就有點棘手了。

不曉得各位對從樹上割下來的一大串蕉有沒有概念，它可不會一整串一下子全部都熟黃，全部一起都可以吃了，除非是用人工催熟。天然熟的，沒這回事，天下的香蕉都是一樣的，它們會從高層開始轉黃、變軟，然後一階一階地逐步往下層感染。

沒想到，就是這極富層次感的逐步熟黃、熟軟特性，這串蕉竟就開始自動限量分配起來。每日熟成的蕉量，多的沒有，恰好提供船上十幾位伙伴蕉類水果無缺狀態。

出航後，這串蕉一直擺在艉甲板不起眼的角落，但它規規矩矩，從出航第一天開始，從整串最上緣離甲板最遠的這一排開始變黃、變軟，開始熟成。

下一層綠的、硬的，不會有人拔來吃，所以，這串蕉每天就分配出恰當的量，樓塌了般，這串高樓蕉，不可思議地一直撐到決定提前回港這天，剛好夷為平地。

哇咧人算天算，都不如這串蕉算得準。

20 旗幟

這面旗幟，一定得單獨寫一篇文章來讚美一下。

第一梯次出航，連風筝都帶上船了，但是，除了漏帶水果，還漏帶了一面旗幟。

這面後來飄揚在方筏旗杆上的漂流旗，長得雖然有點怪，幾分像是直掛在晾衣竿頂上的一件花彩T恤。

別小看，請特別注意，這面漂流旗幟可不是岸上製造帶到海上使用，而是臨時起意，在海上硬是給拼湊出來的。

島嶼算是旗幟氾濫的國度，選舉拚場、店家招睞生意、活動宣傳、政令宣導、廣告標示，氾濫原因應該是造價便宜，又結案銷帳方便，管它效果如何，辦活動，先插旗再說。這些年來，連校園也常掛滿形形色色的旗幟。

一向不喜歡這樣的表面行事或形式，因此整整一年籌備討論漂流計畫時，從不曾想過，為漂流計畫製作任何一面旗幟。

是啊，從圖片中你也看得到，方筏上明明就有一根旗杆。旗杆都設了，為何還說不曾想過要製作任何一面旗幟；矯情喔。

當然得解釋一下。

方筏上直立的那一根，其實不是旗杆，稱它「燈柱」或許比較恰當。這根燈柱的頂端，繫著一顆自動閃滅信號燈，天黑後紅色信號燈就會自動閃爍亮起，用來警示鄰近過往船隻避免撞擊。又因為方筏平貼海面，怕被洶湧高浪遮住了警示燈號，所以筏上直立一根竹竿，撐高信號燈。

並不矯情，這根竹竿，既是燈柱，若稱它「桅杆」也可以。筏上的遮陽帆就是靠它為支柱撐起來的；儘管不是風帆，但還是帆；因此，稱它桅杆也行。

也可以稱它電杆。「電杆」或「天線杆」也都適用。這根竹竿上除了杆頂繫著信號燈，中段位置還繫著一顆ＡＩＳ（船舶自動識別系統Automatic Identification System），它能自動發出特定電子信號，讓一定範圍內建制這套系統的船隻，以及岸上相關航行塔台或管制站，能夠接收到這組信號，並藉以判讀船隻別、船籍別及船隻位置等多種訊息。

我們筏上這顆ＡＩＳ是跟某漁船租來的，漂流時，他船若讀到它發出的訊息，讀到的應該是，這位置有一艘漁船，這會跟他們眼睛看見的實況有所不同。

我們裝置這顆ＡＩＳ的目的不是為了騙人，而是要讓過往船隻的眼睛（人眼看信號燈）和耳朵（接收ＡＩＳ信號的儀器），同步看見也聽見我們的位置，就能多擁有一層保障，避免來往船隻撞到渺小又無動力的方筏。

這根旗杆樣的竹竿上，還裝置了一顆衛星發報器，它能透過衛星，讓岸上的伙伴讀到我們海上的漂流航跡。這顆造價不菲，我們買不起，最後是跟水試所台東分所借來的。

好了，無論什麼桿或杆，它偏偏就不是旗杆。

漂流第一天，當我們裝置了方筏，裝了潢，上了妝，我們回到戒護船上。伙伴們站在舷邊紛紛盯著方筏看；幾分像仕女妝扮後，回頭在鏡子裡檢視自己。

看來看去，大伙都覺得好像缺了什麼，但一時又講不明白。

是缺了首飾嗎，少了腰帶還是少了一頂飾著花朵的淑女帽，是少了條圍巾嗎？

「是少了一面旗幟。」

果真，想想，若有一面旗幟，作用就像畫龍點睛，方筏將不再是乾乾澀澀的感覺，若在竿頂掛一面旗幟，方筏將透過這面飄搖的旗幟活轉過來，方筏就會藉由這面旗幟，將意志、精神和生命，展現在壯闊的海風中。

確實，海上缺什麼都沒得補。

憑空生出一面旗幟並不容易，首先要一塊布做為旗面，應該還要一些顏料來描繪，要剪刀來裁剪，要針線來縫製。這些製作旗幟的必要條件中，除了剪刀，其它都不在船上物資或工具清單內。這些小小的需要，若是在陸地上，若在家裡，隨便也湊得出幾樣，萬一有缺，也不難外出買到。

海上的缺，就是現實的缺，不可能無中生有。

除非，腦子再轉快一點；除非個人裝備中，不小心、萬一、奇蹟似地，有伙伴恰好就莫名其妙地帶了這些沒必要帶的物品或工具登船。

上方筏工作暈船那年輕小伙子，捐出一件稍微泛黃的T恤當旗布；負責GPS及船上生活記錄的這位伙伴，因為常參加小劇場的規劃及演出，她不僅帶了針線，還帶了多種彩色布條，還誇張地也帶了服裝上裝飾用的亮片。這也太專業、太有才了吧。

雖是拼湊，結果竟然無缺。

會隨身攜帶這些道具、工具的人，要她設計出一面旗幟，想也知道，根本想都不用想，說動就動。

就這樣一針一線，在甲板上縫了起來。

三個多鐘頭後，無中生有，方筏獨缺的旗幟完成。

旗面由紅、黑、黃三色彩色布條縫出「一〇一黑潮漂流」幾個大字，旗面上還縫了一條由亮片當鱗片組成的多彩魚兒，最後，伙伴們在旗幟下方空白處簽名。

這就是這面值得歌頌的黑潮漂流旗幟的誕生過程。

你說，能不寫文章讚嘆一下漂流伙伴們嗎？

因為是計畫主持人，多麼榮幸，由我代表，站上戒護船船舷，將這面無中生有且純手工針黹打造的旗幟，掛上方筏燈柱、桅杆、電杆，而在掛上這面漂流旗後將正式稱為旗杆的杆頂上。

掛旗這一刻，海風颯颯，藉由旗杆，我觸覺到底下方筏的一波波緩動，如脈搏，如喘息，這一刻我耳裡彷若響起一曲豪邁的漂流進行曲。

21 黑糖

黑糖不是糖，黑糖是全程參與的漂流伙伴之一。船上伙伴，除了黑潮基金會和蘇帆基金會人員組成的班底，另外有棋盤腳團隊和紀錄片拍攝團隊。

黑糖是紀錄片導演。

計畫籌備期間，關於攝影記錄部分，由於經費不足，原本只打算由黑潮攝影組以簡單的方式記錄計畫過程就好。但好友也是這計畫的主要推手許悔之先生認為，漂流是個不錯的計畫，只是自行非專業記錄太可惜了，便幫我設想由專業紀錄片導演來擔綱，並推薦了幾位知名導演。

於是，就有了機緣，約黑糖導演在台北車站見面。

這是跟黑糖導演的首次見面，記得彼此都沒講什麼客套話，直接談主題。

見面此時，我對黑糖導演的了解僅止於《一首搖滾上月球》是他的知名作品，而且，我對這部片子的了解也只是聽過，不曾看過，甚至是哪方面的題材也都一片空白。與人約了見面談合作還這樣，真是不用功。

確認來意後，黑糖導演直接表示，關於《一首搖滾上月球》類似題材他不想再拍了。意思是，如果今天要談的是這類題材的合作，那就免了吧。

當時我心想，漂流計畫應該與搖滾、上月球無關吧，於是，就試著簡單扼要地介紹了黑潮漂流計畫。

簡介後，黑糖導演想都沒想即時回應說：「這個我有興趣，好，我們來拍，剛好我最近對海有興趣。」

好像不是這樣子的，我心想，雖然對紀錄片外行，但大約知道一部小規模的紀錄片預算，少說也要百萬元起跳，何況是難度較高以海洋為題材的紀錄片，這是真實也是現實。

興趣嚴格來說，不過只是偏向情緒性的理想。

黑糖導演竟然以興趣，還沒討論合作細節，就要來決定現實。

其實我是喜歡這樣的行事風格，經歷過不少海上計畫，也都是覺得想做、該做，現實上沒考慮太多，就出手進行了。

這場會談，前後大約不超過半小時，就敲定了黑潮漂流計畫紀錄片拍攝。當我們做出決定的這時，這部紀錄片經費狀態，零。

簡單、明快、果斷，這場會談印象深刻。

半個鐘頭會面，道別後才走兩步，我心裡就有個念頭，黑糖導演會是個好朋友。

漂流後的這一年多來，因這部紀錄片拍攝，我們在船上、在海邊、在山上、在學校、在女兒家、在雪地、在離島、在家裡、在南半球的東加王國一起下海看大翅鯨。

這部紀錄片，已經從原本設定的黑潮台灣段的漂流計畫，上岸、上山、跨海、越洋，不再只是黑潮漂流，而是彼此生命的漂流延伸。

直到漂流計畫結束一年多來的這一刻，其實我並不知道，也不曾過問，這部紀錄片將呈現的樣貌及內涵。

這時候的感覺，黑糖，他已經不是導演，而我也不是他紀錄片的拍攝對象，我們是一年多來一起上山下海的好朋友。

22 船筏

午後，我在方筏上睡熟了，連續打了好幾個大鼾，鼾聲大到壓過船邊軒昂的浪花聲，好幾次都被自己的鼾聲給吵醒了。

睡覺時打不打鼾或鼾聲大小，一般無法控制，海上團體生活，戒護船睡艙位置在前艙下甲板，空間相對密閉，床位排排緊鄰，知道自己熟睡時會打鼾，睡前常有類似禱告的念頭：希望、但願今晚不會吵到人。

晨起，也常問四周鄰床伙伴：昨晚有被吵到嗎？

「沒有啊。」好些天來他們都這麼回答。也不曉得是真的沒吵到，還是不好意思直說。

這艘戒護船載客人數限制是二十一人，但租船洽談時，船長堅持，頂多十人上船。我明白船上生活空間局限，但為了讓參與計畫的伙伴們都有機會分梯次出海體驗漂流，當我們強力爭取更多人上船時，船長竟然翻臉說：「那拉倒，不租了。」

好說歹說，反覆拜託，最後只爭取到多出一人，以一梯次最多十一人上船成交。甲板是島嶼陸地分離出去的小小塊領土，當船隻離開碼頭，航入無比寬敞的大海，船上人員的活動範圍即刻萎縮到舷內窄隘的空間裡。

對船員來說，海洋的寬廣是外在的，窄迫的是內裡，是現實的生活空間。島嶼與海洋面積不成對比，船員嚮往期盼的是早日脫離窄迫的苦海，回到寬敞多元的陸地。

多大的矛盾啊。

在船上短時間過渡和在船上長時間生活起居，好比戀愛和婚姻，情人與妻子，是截然不同的兩碼事。

什麼事都得回到生活面來討論才見真實。照理說，十一人在這艘乘載人數二十一人的戒護船上生活，人員才過半，生活空間應該不至於太侷促。

生活起居，就是睡覺、盥洗、飲食、所有活動全綁在同個狹窄的空間裡。除了大噸位的商船或郵輪，一般船舶船上空間有限，人與人的船上關係必然十分窄迫。想想，這樣的戒護船上，唯一的私我空間，就是進入船上唯一的盥洗室後從上鎖到開鎖這短暫時間裡所鎖住的狹小空間。

十一人已覺得窄迫，二十一人的話，難以想像那患難與共緊密生活在一起的船上生活。

漂流幾日後，終於明白，船長的堅持是對的。

若登上方筏，更是僅剩三平方公尺的一方平台，活動空間比起戒護船更狹窄也更單調。

但登上方筏這方小小的平台後，與戒護船上伙伴們的關係，就此有了深邃的海洋為隔閡。

方筏成為戒護船核心分裂出去的一顆獨立的漂流細胞。

方筏上，除了一根旗杆，一頂遮陽帆，一切空無。

戒護船是海島分離的領土，方筏是戒護船分裂的細胞，單位愈小，內在愈窄，但面對的外在顯然就變寬了。

但筏上的空間是獨有的，想想，全球七十五億人口，這一刻，暫時沒有任何一個人可以吵到我。

那樣的「獨我感」，稍微轉一下，就會成為「獨尊感」。也就是回到「孤獨」最原始的狀態，獨我且獨尊的感覺。

方筏上漂一陣後，孤獨感將油然生成。

這一刻，完全理解，為何這麼多人想擁有一座島成為島主，又為何許多人想擁有一艘船航行出海，漂流計畫又為何必要安排這片方筏。

心態一致，大家都想成為獨立於主體、群體之外，讓自己成為絕對自由、自在的孤獨者。

所以分裂主體，切割空間，設法來隔離主體和他者。

陸地上最小的獨立空間是房間；此時的方筏則是海上最小的獨立單位。

房間家徒四壁，方筏則面對開放大海。

海洋隔離、獨有的這片方筏空間上，可坐、可臥、可大聲打鼾、可以完全不用擔心妨礙他人，可以想些有的沒的，可以發呆，可以用完全自己的表情，不一定得微笑，也可以一直講話一直講話，一直唱歌一直唱歌，一直挖鼻孔或一直摳腳丫。

方筏是個解放自己的小小島嶼。

漂流幾天後發現，我留在方筏上的時間愈來愈長，開始懂得充分享受這趟漂流中獨我的島嶼生活。

常大字仰躺，用力打鼾，有時也拿出筆記本，就著帶上方筏的保冷箱為書桌，開始寫作。

我在漂流的孤島上寫作。

天下哪來這樣的書房，伏貼於海，濤聲漾漾，海風滿懷，因視野開闊無從定點為依據，完全不知覺這座書房正以每秒約兩公尺的速度往北快速漂移。

想起過去船隻尚未配置GPS的年代，漁船來到漁場，船長通常先坐下來「聽」海流。這「聽」字，河洛音發三聲重音，音似「挺」。

老船長「聽流」，意思是以聽覺在內的多重感官，來安靜感知船下海流的流向和流速。

我坐下來了，並開始學著「聽」見黑潮。

我坐下來了，我真的坐下來了，感覺到世界變大而且變安靜了。

23 盛會

終日北風強盛，黑潮逆風強勢，以北北東流向，飛毛腿似地將漂流隊伍以平均三節流速，斜推離開岸緣。

入夜前，遠遠看見雲層腳下的秀姑巒溪口。

漂流不過四十二小時，竟然這麼快，不到兩天已漂流經過整段台東海域，漂過北回歸線，進入花蓮海域。

若保持這流速繼續往北漂的話，明晨破曉，隊伍恐怕已漂近花蓮港外海域。這可有些麻煩，計畫原本排定後天下午在花蓮海域與贊助者有一場「海上見面會」，若繼續以這速度漂流，到時恐怕已漂到宜蘭外海去了。

按眼前流速計算，我們應該會與見面會約定的時間超前大約三十四小時抵達約定海域。

海上的約會，不確定因素多，原本難度就大。這場見面會，海上漂來的這一方，是不可預知航速，處於漂流狀態的漂流隊伍；岸上出發這一方，是已經預定船班將從花蓮港出航的贊助者團隊，而且，贊助者來自各地，不能更動日期，也不能更動航班時間。

一方流動，而另一方不能更動；一方不定，另一方既定，變因太大，當初規劃這樣的一場海上約會，大伙心裡明白，能順利見到面的話，得靠老天爺的大力幫忙。

幸好漂流隊伍是提前抵達，還有餘裕讓漂流隊伍提早進港等待見面會時間到來；倘若漂流隊伍延遲抵達的話，恐怕就不得不錯過這場與贊助者的海上之約了。

算準時間做了決定後，召集船頭會議（伙伴們工作會議的場所在前甲板），並宣布：「今晚大家早點休息，明天五點早起，早餐前就得下海工作，收拾繫在方筏上擠成一堆的玻璃浮球、棋盤腳、遮陽帆及筏上的一切裝置，我們準備在九點前，趁著離花蓮港的最近點，啟動戒護船引擎，拉方筏進花蓮港，結束漂流計畫的第一梯隊漂流。」

結果呢？

結果這一晚，都已經翻點過半夜了，不是明明白白宣布要早點休息的嗎，結果大家都還心情亢奮地在艙外甲板上流連。

根本是集體抗命，包括下達命令的自己。

並不是因為進港前第一梯隊最後一夜的離別情緒作祟，而是漂流隊伍意外地遭逢了一場海上盛會。

而且巧不巧，這場盛會就從下達早睡命令後開始，像是鳴槍起跑，一幕幕接續展開。一直持續到如今過半夜十二點了，海上這場盛會仍然方興未艾。

下達命令後，天色已昏，船長點亮船燈。

這是每天入夜後船長的例行公事，並不特別。特別的是，這一晚，當船燈點亮，不久，劈劈啪啪落雨般，飛來一大群昆蟲。

昆蟲一般都有趨光性，受燈光吸引前來，似乎也不足為奇。

想想不對，這裡可是離岸十一浬以上的開闊大海，薄薄軟軟的昆蟲翅膀，能跨海飛越這段距離嗎？還有，他們可想過回頭是岸還得飛回去嗎？

我們討論起這群昆蟲的由來。船上伙伴有人認為，二十多公里這點距離，我們太小看昆蟲的飛行能力了。

有理，不應低估昆蟲薄薄柔柔翅膀的飛行能力，但我還是抬起頭，懷疑地看了一眼我們的船燈。

船長打亮的不過是四盞尋常的水銀燈泡，發出一般路燈發出的銀白色燈光，並不特別亮，也看不出任何特別迷人之處。這樣的燈光，岸上比比皆是。若這些昆蟲真是為了趨光而來，我們的船燈何能召喚或媚惑這一大群昆蟲冒險遠距跨海而來。

而且，每天晚上都開燈啊，又不是只有今晚。

不是小看昆蟲跨海的飛行能力，只是從岸上被船燈吸引趨光前來的假設不甚合理。

跟經常出現神祕生物的秀姑巒溪口有關嗎？

會不會這溪口海域有個不為人知的能量場，讓許多生物能開門關門般，迅速轉換空間？

恐怕是想太多了。

會不會只是遭遇了昆蟲們的海上遷徙隊伍？

劈劈啪啪落雨般，有些鏗鏘輕響撞擊船燈，大多數是繞著戒護船的燈光盤旋，有些撞暈了直接落海，又非常厲害地在落海剎那及時驚醒，翻著躍著，掙脫海面張力的束縛，再次活躍躍地回到空中飛翔。也有反應慢的，落水後被海水黏濕了翅膀，掙著扭著，如何也爬不起來，只好淪為波臣或成為水族們的點心。

也有些魯莽衝撞艙牆後，跌落甲板。這有利於近距離辨識牠們。可分別的有大小不一的天蛾、斑蛾和更多不認識的各種蛾，大大小小都有；甲蟲大軍如同多國製各年代多種形式的各種裝甲車和坦克車，就更難分辨了。

可惜船上唯一的昆蟲專家棋盤腳小姐，漂流後就一直暈船躺著，不然這一晚應該會忙得不得了。

對啊，想到棋盤腳小姐才想到，這一大群不期而遇的昆蟲，會不會跟我們漂流隊伍裡的球背象鼻蟲有關。會不會牠們是特地飛過來為漂流的民族前鋒球背象鼻蟲加油打氣。

又想太多了。

沒得問，不得解。

也不曉得昆蟲遷徙隊伍，是否可能由不同種類，或由大小不一的同類混群，無論如何，海上經驗至今也二、三十年了，船燈下的零星昆蟲見過，但是如今晚這一大群來的，倒是第一次見識。

我想，這是不會有答案的，在汪洋大海的黑潮上頭，一定存在許多我們無可解釋的現象。

如果你以為這場盛會不過是場昆蟲盛會，那就錯了。

昆蟲只是這場盛會的序曲。

以食物鏈觀點，如此大量的昆蟲，應該會吸引大量的昆蟲掠食者前來吧。

說曹操曹操到，鳥群啁啾紛飛，繞著戒護船盤轉。

昆蟲們大抵飛繞在船燈燈暈範圍裡，鳥群則散在燈暈範圍外。伙伴們在甲板上，眼球跟著昆蟲或跟著鳥群周轉，隨便你，無論如何嘴裡都會啊啊啊連聲驚呼。

啊，這到底怎麼了，啊，這怎麼可能，啊，怎麼會遇到這種事。

誰知道。

有幾隻鳥可能是吃太撐或是飛累了，停在戒護船艙頂欄杆上休息。

這下得了機會辨識，可惜船上伙伴大多數是「海人」，非專業的辨識結果，只能概略說：不是灰鶺鴒就是黃鶺鴒，到底灰或黃，這種九十分到一百分的問題，大概只有「鳥人」才分得出來。

灰鶺鴒或黃鶺鴒，無論如何，都屬於「山鳥」，不是「海鳥」。

而這裡是黑潮海上。

若是遇到遷徙跨海隊伍可以理解，但今晚牠們分明是過來獵食。

鶺鴒的獵區包括入夜後的海上嗎？這問題恐怕「鳥人」也無法回答。

島嶼關於海洋的種種觀察資料實在是太少了，以例子來比對並不容易。當然，停下來在戒護船上的只有鶺鴒，繞在船邊停不下來的鳥群，因燈光，因動作快速，無從辨識。那在船頂上空更高處盤旋的鳥群，牠們的鳴啼聲顯然不是鶺鴒，應該是另外一種或多種「山鳥」（若是海鳥，船上的海人們這麼晦，聽啼聲也不難辨認出幾種）。

飛在空中的各種山鳥，大約可以用飛翔高度區別，舷邊的，船頂的，高空的，這時若能從船頂空中往下看，讓每隻昆蟲、每隻鳥都帶光，哇，想像一下，簡直是戒護船邊一場熱鬧混亂的海空大戰，人類歷史上的所有海戰場景都將相形遜色。

一幕未落，一幕又起。

隱約黑暗海面漂過來一大片點點白斑的可是什麼？

伙伴們都注意到了，這不得了，這群浮在海面的白斑估計有六十到八十個，它們密集在大約十平方公尺範圍內，組合成彷如一片鋪在海面白斑湧蕩的大塊簾幕。

接近了，接近了，這塊白斑簾幕，從夜暗海面逐漸漂近船燈燈影外的微光海面裡。

接近光的這一剎那，嚇一跳咧，所有白斑從海面一次躍起，整體地、快速地飛回夜幕裡去。

原來，是一群坐在海面過夜休息的海鳥。

海人伙伴們如遇到自己人，這下可興奮了，紛紛有話要說。「依體型大小判斷，最有可能是鷗科，也有可能是大體型的鸌科。」得意的聲調。

當然高興了，山鳥不行，海鳥終於可以講個所以然。

牠們的起飛點，有點距離，是有點可惜，但可以想像，那近百對羽翼一次撲起的啪啪聲浪。

大海茫然，可以跟坐在海上漂流過夜的鳥群遭遇，也算是過去不曾有過的經驗。

這應該是漂流才遇得到的情景，若是橫來直去的引擎聲，恐怕眼睛還沒看見的距離，牠們早已振翅離開。

這一群由海鳥組成漂流隊伍，我們的漂流隊伍，茫然大海中不過是兩個不同速度各自漂流的點塊，能在今夜的此時此刻相逢，算機率的話，是微乎其微的小幸運。

如果這場接觸算是小幸運，那就不知道該如何來形容接下來連續不斷的大幸運。

剛剛掠過船邊的那近百點白斑簾幕，不過是今晚與海鳥群相遇模式的小樣本。

緊接著上場的才是有規模的正版品。

那是一大片，又一大片，規模都超過三十平方公尺，少說上百隻，甚至可能上千隻的海鳥簾幕、海鳥浪。

一片片，一波波地湧近船邊光影邊緣，又集體昂頸撲翅，掀起海上大塊簾幕般，集體飛進我們眼睛看不見的黑暗裡。

不擔心，一片飛走，另一片很快又漂過來遞補。好戲絕不冷場。

真希望這一刻擁有全方位視野，這根本是夜晚黑潮流域裡的一場瘋狂閱兵波浪舞，船邊繞著昆蟲繞著山鳥的漂流隊伍，一一閱兵通過海面休息的海鳥群，牽動的繩浪般，一群群、一片片輪流掀翻白斑簾幕振翅飛起。

這遭遇，這場景絕非偶然，誰有能力安排如此持續好幾個鐘頭仍川流不息的一場盛會？

夜未央，這場熱鬧持續綿延，快速加碼，似無止盡。

湧動的海面為界，大海既平面也立體。海面上的立體，和水面下的立體。

剛才形容的盛會遭遇，是戒護船邊水面和水面上這立方體內發生的事，這同時，水面下的水立方，一樣搬演著一齣又一齣無比繁華的盛會。

只是一路寫下來，還找不到縫隙來形容水面下的熱鬧情事。

與空氣裡的盛會一致，事情發生在船長點亮船燈後，鳴槍起跑。

昆蟲有趨光性，大洋裡的浮游生物，包括魚類，大多數也都有趨光性。

大洋食物鏈底層的甲殼類浮游動物，體型微小種類繁多，我們眼睛幾乎看不見，牠們大群大隊趨光先來了。

牠們像浮在水面大大小小各種粉塵顆粒，見了光，如著了魔，興奮又瘋狂地以各種獨到的舞步跳起舞來。

有點像是被電到，發顫的，抖擻的，繞圈的，左衝右衝神經兮兮的，各種舞步都有，最新潮的嘻哈舞、機械舞、雷鬼舞，水裡通通都有。

跟昆蟲趨光類似，體型小的數量多，膽子大，直接就聚在光圈中央。體型愈大的愈膽小，散在光暈外圍。

劈劈啪啪打出水聲的是小魚兒，牠們衝進光圈，吃一口，又驚惶衝出。那麼喜歡光，又那麼害怕光。

水聲愈大，體型愈大，愈是搞神祕般深藏不露。不像空氣立方體中的山鳥掠食者，可以大大方方地獵食，因為這夜裡的大海中，牠們不會有黃雀在後的隱憂。畢竟是海洋本家，水立方裡的情勢可不一樣，食物鏈互動關係層層疊疊如水面蕩開來的漣漪，一圈緊扣一圈。海、空若依體型來比，山鳥般大小的，海裡頭只算低層。

黑暗水裡，一圈圈外圍，處處藏著覬覦貪婪的眼光，搞得大家慌慌張張的。

飛魚是裡頭最出名的緊張大師。

平常白天時候，只能遠遠看到飛魚，破水、振翅、擺鰭、點踏海面、撲通落水，從來不曾停格的連續動作，牠們身影始終模糊。如河洛話形容過動小孩「無司貼定」。勁量電池應該找牠們來拍廣告。

白天別想看見停下來讓你稍微可以看清楚的飛魚，只有夜裡的光能暫時鎮住、定住牠們。沒有人知道為什麼。

當水立方裡的盛會時機成熟，飛魚來到船邊，在燈光下，牠們身體靜止，顫翅漂浮。比較不像是被電到，而像是在充電中。

像一只快充易飽的電池，飛魚在船燈下很快就吃飽了電，通常只停留一下下，很快地又滿電狀態飛閃著瘋狂去了。

有一條海吳郭魚，約三十五公分體長，不曉得跟趨光有關嗎，平躺海面以熟睡的姿態漂進光圈裡。大洋裡的海吳郭和西部濱海或魚塭裡養的吳郭魚很不一樣，這裡的海吳郭像是混過黑潮黑社會，體色黝黑，體態粗厚，頭胸部幾塊不規則的結痂似隆起，還大尾鱸鰻般悠哉悠哉躺在海面曬燈光。

太唱秋、太囂張了吧。

隨手取來船上的長柄網杓，想說熟睡中給牠來個措手不及。

相準，出手，網杓斜插入水。

老大驚起，一陣水花亂噴。

有些是老大翻身濺起的，有些是網杓子插水激起的。

滿滿一杓子都是海水泡沫，老大究竟是老大，身手矯捷，不是白混的。

網杓子竟然連碰也沒碰著牠。

船長奔過來無限婉惜有點指責地說：「不是這樣的，啊，不是這樣的。」

婉惜錯失了一條好魚。

不插還好，奮力一插，漏魚又漏氣的。

鄰近飛魚受這一驚，慌然四射，這一插，還真是壞了一鍋好粥。

隨即，舷邊伙伴立刻就喊了：「海豚、海豚。」救苦救難的海豚適時出現，重心轉移，即時化解了一場讓討海人、讓計畫主持人尷尬的信心危機。

「熱帶斑吶，七、八隻。」海人就是海人，不像那蟲、那鳥，只能講個大概。這時若要他們解說這幾隻熱帶斑海豚給你聽，就是身高體重身上哪些斑點或是脾氣性情也都能倒背如流地一一介紹。

船周陣陣啪撻水聲清亮，海豚們在追獵過來船燈下充電的飛魚。

飛魚神經兮兮，行動比起那條平躺海面的鱸鰻與郭老大快出許多，海豚吃飛魚，速度一定要比我插水的網杓子還要速捷俐落，而網杓子插水，已經用了我過去討海經驗累積下來的最大能耐。

好了不用再解釋了，話題已經轉移，還自己提回來，真是哪壺不開提哪壺。

攝影組裝在長桿上的「夠普洛」，已經伸下舷邊，準備捕抓海豚水下身影。

自己的攝影小組沒問題，但這如何能滿足專業攝影師？紀錄片攝影師匆匆換了潛水裝備，準備下水。

「不要啊。」我心裡喊。

黑夜裡的大海，流速飛快的黑潮，所有能見範圍只有船燈下。

「要特別特別特別地小心，不准離開船燈範圍，一直讓我們看見你，繫一盞燈在身上，重新檢查潛水裝備。」一再叮嚀，一再叮嚀，一再叮嚀。

老實說，整段過程我是十分緊繃的，攝影師在船下追海豚畫面，我在舷邊左右跑來跑去，追船下攝影師的身影。

一直到攝影師平安上船，一顆懸著的心才得放下。

果然拍到好畫面，應該是島嶼在黑夜黑潮裡拍到海豚的第一人。

伙伴有人說我太緊繃了。

只好苦笑。

這場盛會一直持續到隔天破曉。

船長熄了船燈，還看得見船邊徘徊不去的那群熱帶斑海豚。

24 冒險

文字上也許看不出來，個性上，我確實是個繃得太緊的人，甚至可以說，是個個性拘謹始終放不開來的人。

個性的形成，大家曉得，有先天的部分，也有後天影響來的。

無論如何，這輩子確實做了些冒險的事，包括執行這趟黑潮漂流計畫。我的繃太緊，似乎只是平時的行為舉止或行事態度，應該還不至於是個膽怯、裹足不前或故步自封的人。

對於海洋行動，特別是難度高，或說不確定因素特別複雜的計畫，經驗教給我，盡可大膽構想大膽規劃積極準備大膽執行。但是，行動一旦入海，我會一百八十度改變態度，轉為細心謹慎，甚至是以相對保守的態度來執行計畫。

因為與海接觸三十年的我知道，海洋不可輕忽。

我也知道，再如何思慮、如何膽大，我們能掌握的都不及於現實海洋的萬分之一。

我的確不夠勇敢，但我清楚知道，勇敢必要建立在周全準備的基礎上，而且，勇敢必須用在對的時候。怕風險，怕意外，人之常情，但如果大家都留在人之常情的安全範圍裡，我們就不會有既定資產以外的收穫。冒險是必要的，但絕不是冒然逞能。

我也明白，冒險行動在台灣，外在環境並不友善。

法令責任問題、嗜血媒體，虎視眈眈的人不少，冷眼旁觀等著看好戲的人更是不少。

一個冒險行動若發生意外，特別是造成傷亡，可以想見，推卸責任、落井下石、高談闊論、火裡添油，保證緊緊相隨。

不是害怕這些，是害怕這些被不當且過度渲染後的社會效應，足以讓島嶼向海走出去的腳步倒退三年；讓島嶼極須培養、鼓勵的積極冒險犯難的開創精神，倒走五年。

當然，拘謹緊繃小心翼翼到放不開，也許過度了些，但我也怕承擔責任啊。

更怕的，這計畫的任何差錯，毀掉的不只是計畫主持人或計畫本身，毀掉的可能是未來年輕朋友繼續向海冒險探索的想望，毀掉的可能是島嶼社會轉過頭來海闊天空的機會。

是想太多了。

但是執行海上計畫，我會要求自己準備好這樣的心情和態度。

25 徵兆

方筏拉到大武外海開始漂流那天天亮，登方筏裝置玻璃浮球等配備前，我一直看著方筏上有塊多出來的明顯白斑。

上方筏後，證實那塊白斑是一隻已經發臭的死雞。牠一隻腳被夾在方磚縫隙，拉不起來。費了好大勁，才將雞爪拔出。味道很重，跟我上筏工作的兩位年輕伙伴，「快吐了，快吐了」，喊了好幾次。後來又提了好幾桶海水洗刷，才終於除去筏上的惡臭。

合理猜想，從富岡港漏夜拖方筏到這兒，途中不巧遇到這隻發臭的漂流雞屍，又剛好被一股不恰當的浪給沖上方筏，又方筏方磚間螺栓螺紋磨損，雞腳又那麼不剛好地掉入縫隙間，方筏拖動時，方磚鬆鬆緊緊，雞腳就這樣不剛好地一寸寸深深伸入夾入方筏縫隙裡。

遇到就遇到了，盡快處理掉就好，漂流途中沒跟任何伙伴談論這件事。

這樣的敘述，你聽見什麼了？

一連串不好的巧合湊在一起。

我聽見的是，有個力量，透過這件事告訴我：行事要小心。

說我迷信、過敏或神經質，我都接受。但我仍然要說，這死雞事件是在提醒我，岸上籌備整整一年的漂流計畫開始了，在漂流第一天就提醒我，接著面對的事要特別特別小心。

我生肖屬雞，名字裡也有「基」，小時候姑媽家的鄰居用河洛話叫我「紅雞」，漂流計畫的規劃中，很多時間我會待在方筏上。

真的假的其次，重點是，這些巧合讓我在漂流開始這一刻警醒自己，凡事不可輕忽。

一直覺得，天地山海，整個大自然，不論被稱為神祇、鬼魅、靈界、異界或其他，不斷透過各種現象，告訴我們各種訊息。

聽見了，看見了，並學會對這現象做解釋，便是徵兆。

百合花開，下海抓飛魚；山頭有雲，出門帶雨具；日曬偏東，北方的冷空氣快來了。

我們用經驗來歸納現象，再從這些訊息得出遵循的規則，其實是科學方法。但是因為現代生活不再迫切需要這樣的訊息，因此，人們去聽見、去看見、去感知的能力漸漸變得遲鈍。

過去農人看天空來判斷氣象，漁人聽海流來了解海況。如今，氣象訊息是看電視，了解海況，現在是看GPS加魚探加海圖，三機一體，這每艘漁船都有的三合一儀器，螢幕大小跟小型平板電腦差不多。

以前看天看海，如今看螢幕，農人漸漸失去了對天空的敏感知覺，漁人也失去了對海的感知能力。

現代人若失去生活依賴的種種「電子工具」，寸步難行，如同失去了在這現代世界的存活機能。

人的世界在濃縮，被虛擬，同時也在絕緣。濃縮在城市裡，虛擬在工具情境中，與大自然絕緣，或說與大自然源源不絕釋出的種種徵兆絕緣。

我始終相信，我們生活的大環境中，有更大、更重要的現象等著我們去感知、解讀。這些訊息，我們永遠無法簡單整理成方便使用的一致性工具，如同今天我們所依賴的種種電子儀器。但我們的確已經因為依賴這些現代化工具，逐漸流失解讀、判斷這些訊息的原始能力。

也許有那麼一天，我們真的就錯失了某些重要徵兆而走錯了關鍵的一步。

也聽過有人說，早就走錯了，人類早就錯過了重要的十字路口，走向自我滅絕這條路上。所以漂流計畫說明階段，有人建議，若是要了解黑潮，放幾個儀器下去漂不就好了，何必冒不測風險親自下海漂流。

我是以為，儀器可收集到的數據，依我個人或所有伙伴們加起來的所有能力，也沒辦法做到如儀器收集到的這些資料。但我相信，漂一趟後，單單我個人的感官所得，也絕對不是任何儀器讀得到的感受。

漂流第二天，我上方筏時，發現筏上有一條死去的魷魚。大約十五公分長，粉紅色，一點都沒有臭味。我捏著牠，輕輕放回海裡。

漂流途中，我也沒跟任何伙伴講這件事，或述說我對筏上出現魷魚這件事的感受或想法。我覺得「祂」同意了，透過方筏上一條沒有臭味的魷魚告訴我，漂流行動被允許了。我想，也許因為我懷著尊重的心，面對祂給的第一個徵兆，因此「祂」同意我們繼續漂流。（為了方便，我暫時用代名詞，用神字邊的「祂」，來稱呼在這趟黑潮漂流中感受到的神祕力量。）

我是感覺到，有時，有一對眼睛在上方，看著計畫進行。往往是獨坐方筏時，這種感覺特別強烈。

漂流這些天來，對於祂，只是認知和尊重，我不曾祈求於祂。不覺得祂會回應祈求，也明白祂只是看著我們漂流。

前面介紹的許多海上遭遇的一些狀況，如〈走三關〉、〈狀況〉、〈盛會〉等，和底下將陳述的〈回收〉等，隱隱約約，都有祂的影子。

也許，這不過只是執行計畫壓力過大的心理投射。

但我們真的不懂，這麼寬這麼深且能量如此豐沛的黑潮海上，是否有一股掌理的力量，在我們之上，默默且持續進行著。

祂會提醒、暗示或明示、偶爾也會插手介入。

我感覺的祂，沒有形體，當然也沒有眼睛，但感覺祂一直看著。

也許把一個人丟進一個原始的環境裡去，當所有習慣的依賴，工具的、人與人之間的、社會力的，所有習常的一切，都在一段距離以外，當這世界只剩自己時，空虛感讓我們想去抓住什麼，像落海者，想去攀抓一根浮木。也許我在海上感覺的祂，只是浮木般，是我依賴的慣性延伸。

討海人傳說，海上到處都是好兄弟，因此當海上遇到緊急狀況時，我所了解，討海人撒銀紙求好兄弟的機會比求神的時候多。

過去登山經驗，曾有一次，我請求「山」放過狀況很虛弱的登山伙伴。那次，我看見雲瀑翻過我祈求的山頭，感覺到「山」同意了我的請求。

有次遠航，好幾次看見海上綠光，心頭感到欣喜，知道是好徵兆，但一直到今天還不確定這些綠光現象的徵兆是什麼。

我試著辨識，海洋透過這一段黑潮漂流，透過祂，想告訴我什麼。

漂流第三天午後，方筏拖進花蓮港。

趁進港休息時間，方筏拉上造船廠斜坡維護加固，這時，我又看見方筏上一塊豬肉。

小小一塊，水燙過的哪種。

一樣，我沒跟任何人提這件事。

後來我逐漸明白，不是刻意的，但漂流隊伍中，方筏恐怕不小心成為海天之間，成為黑潮海流上的一方祭台。

那串九十九顆玻璃浮球，那三串棋盤腳，那二十四隻後來剩下二十隻的球背象鼻蟲幼蟲，三十六顆方磚，筏下發出的黑潮樂音，都不小心恰好成為祭台的祭儀和祭品。

漂流幾天來，感覺到，但看不到的許多儀式，每天在這方筏祭台上默默進行著。

26 回收

比太陽起得早，已成為漂流習慣。

流速飛快，一夜盛會，以為天亮後隊伍會快速漂到花蓮市外海。沒想到凌晨四點過後，流速沒來由地趨緩，天亮後，流速不到零點二節，近似滯留。船長說：「GPS測得的零點二節，有可能是受風力影響的漂動，依我們討海的說法，這樣數值，就是『停流』。」

船長的意思是，這一刻，船下的黑潮已經完全停止。

開始漂流後一直擔心的「漂不動」，意外地，竟發生在擔心「漂太快」的這一刻。

漂流幾日後對黑潮的認知也已變為慣性固定，覺得黑潮儘管有快有慢，但整個停下來，是件不可思議的事。

跑累了嗎，或只是暫停喘口氣，很快又要起跑衝刺。

此時，漂流隊伍離花蓮港二十三浬，黑潮休息，也給了我們喘息的機會，得了半天時間，原定透早起來早餐前就要下海工作的，沒料到黑潮忽然暫停，這時，倒可用過早餐後再來慢慢收拾。

棋盤腳，遮陽帆，收到戒護船上，旗杆上剩下漂流旗，懸掛在上頭的儀器全部上船。最後，也是最擔心的，就是收拾那擠成一堆的玻璃浮球。

遺失幾顆，破損幾顆，悲傷有多大，麻煩就有多大，謎底即將揭曉。

一顆顆剪斷束縛，穿出繩纜，玻璃浮球一一離開好幾天來相親相愛嗑嗑碰碰的玻璃球大團體，離開海面，離開黑潮，一顆顆遞交給船上的伙伴，一顆顆收拾、檢查跟盤點。

因為糾纏太深，鬆解速度緩慢，處理的過程，也好像在處理這些天一路漂過來的心情。

今天將要進花蓮港，順利結束第一梯次的漂流航程。漂過台東，漂過南花蓮，就剩北花蓮到宜蘭蘇澳這最後一段，漂流航程已經過半。

記得出航日，過三關，離開花蓮港後，曾誓言般豪邁地看著花蓮山頭說：「我們將漂流回來。」

不過幾天前的事，如今花蓮山頭一線鋪開橫在眼前，花蓮港已經落在視線距離內。那裡是我的家，那裡是出發的港口，我們果然雄心壯志地一寸寸漂流回來。

一顆顆鬆解、上船、盤點，發現有幾顆玻璃球滲水，喝了些海水在肚子裡，應該是玻璃球製造最後的收口沒收緊，留了縫隙，海水滲了進去。這無關緊要，再讓玻璃浮球圓滾滾肚子裡的海水滴出來就是。倒是陽光照射下，球體積水，形成凸透鏡聚光效果，陽光被玻璃球內的黑潮海水焦聚成晶瑩帶點虹彩的美麗光束投射在甲板上。

盤點大概過半了，還未出現任何一顆碰裂的玻璃球。

繼續，繼續，希望好運繼續。

漁業用玻璃浮球不是現役商品，無法買到現成的，眼前正在收拾的玻璃球是工廠訂做的。工廠生產出來的玻璃球，每顆都是赤裸裸的，不像是眼前所見方筏邊漂流的玻璃浮球，有覆網、繫繩和懸掛漂流訊息的不銹鋼片。

參與漂流的九十九顆和岸上癡癡等候的另外九十九顆玻璃浮球，下海前，可都是手工妝扮過的。手工為一百九十八顆浮球妝點，這工程可不小。

首先要考量的是，要讓這些玻璃浮球們穿什麼。

再來得思考，玻璃球一身滑溜，有半數還得經歷黑潮長途漂流的考驗，如何才穿得牢、穿得住。

最後，是要當貴賓禮物嘛，還得考慮，如何美觀大方。

過去討海人是用適當粗細的漁繩，以討海人織網、補網藝能，為浮球穿上粗獷中含帶幾分優雅的網狀外衣。玻璃浮球被取代後，除非上年紀的老漁人，這項技藝幾乎已經失傳。

我們找到溪伯，七十好幾的老討海人，他滿臉海面波痕般的皺紋，十分豪爽地，他願意擔綱這些玻璃浮球改造工程的總工程師。

伙伴們陪溪伯去了好幾趟漁具行買漁繩和漁網，花蓮漁具行材料不足，還遠征到預定漂流終點的宜蘭南方澳去採買。

試了好幾種手法，好幾種材質，溪伯用了幾天時間來研發能夠有效率編綁，又不失美觀的玻璃浮球ＳＯＰ編製流程。溪姆還說，他整個晚上都在想啊，手頭忙得很，也不陪我看電視一直都在試啊。

溪伯試妥後，接著開班授課。

「傳統玻璃浮球編織才藝班」成立。溪伯是當然班主任。我們在網路波出醒目文宣，全台唯一玻璃浮球才藝班，免學費。

當然來報名的只會是伙伴們的親朋好友，包括我女兒和我弟弟的女兒。

學員年齡層分布，從六歲到六十歲都有。一兼兩顧，免費學才藝，順便代工。

我在開訓典禮上看到這麼多人抱著對傳統漁業文化的熱忱來報名，一時興起，致詞時不禁脫稿說出：「我們一起來編織夢想。」

我介紹玻璃浮球說：「人類使用玻璃已經四千多年，但玻璃已逐漸被塑膠取代，今天，我們齊聚一堂來編綁玻璃浮球，就是要為玻璃浮球尋找漂出去、漂回來的路（文化傳承，為的就是留下回去的路）。」

我也介紹溪伯，介紹過去曾和他同船捕魚的事，也在溪伯致詞時幫他翻譯。這世代年輕人，已經聽不懂許多溪伯這年紀討海人說的話。

兩天才藝班結束，為了感謝溪伯一路走來為玻璃浮球、為漂流計畫付出的貢獻，我們準備了一個小紅包當講師費。溪伯竟當場與我推擠，只同意拿走空的紅包袋。

就是這樣的老漁人，這樣的溪伯。

這是漂流一個月前發生的事，所以才會有妝點過並參與漂流的這九十九顆玻璃浮球，和在岸上打扮妥當癡癡等著另一半漂流回來的另外九十九顆浮球。

甲板上收拾玻璃浮球工作中的伙伴們愈來愈安靜，像在期待什麼，或沉澱什麼，像重大消息宣布前的沉靜氛圍。

我們離開繽紛島嶼，曠野裡漂流自己，幾個鐘頭後，我們將從海上回來。離開不過幾天，感覺卻如此遙遠。

距離是什麼，時間是什麼，悠悠蕩蕩漂流而過的又是什麼？回港前，也許我們得重新思考，島嶼是什麼，海洋又是什麼？而這一切的出發點，只在一個念頭：想要一寸寸漂過自己家鄉海域。

忽然想起，年輕時的一個念頭：想要一步步走過自己家鄉海岸，以及中年時說的：想要一槳槳划過自己家鄉沿海。

所有這些走過的、划過的、漂過的場景，一一浮現在漂流航程過半，玻璃浮球回收過半的此時，心裡明白，即使全程是一里路的話，就剩最後不到半里路了。

十二點五十八分，離花蓮港二十浬，手機沒有訊號，船下黑潮流速仍然遲滯緩慢，玻璃浮球回收工作完成。

黑潮無比慷慨地配合，給了我們半天工夫慢慢收拾、慢慢盤點。

更意外的是，九十九顆玻璃浮球，奇蹟似地，沒有一顆破裂，沒有任何一顆遺失。

包括動力拖筏隔天，下海檢查後，年輕伙伴認為必然流失的那一顆。

27 見面

再次出航，再次離開花蓮港，黑潮漂流隊伍第二梯次出發，接續漂流。

是媒體報導漂流計畫引起的效應吧，這次出航就不用再抱著能不能順利出港的不安，不用再提著心過三關。

這趟出航，戒護船直接拉著方筏出港。沒問題，漂流計畫是做好事，又不是做壞事，何必如第一梯次出航那樣地提心吊膽呢。

海巡人員還笑著說，電視有看到你們的報導喔。

這次出航的目標點不遠，就在花蓮港外東南東十八浬處，銜接昨天第一梯次返港時的座標點。

戒護船邁浪越過兩道流界線後，明顯感受到，遠方颱風推過來的長浪波波帶勁。在沖繩外海滯留打轉好幾天的獅子山颱風，恐怕將成為這梯次漂流能否順利完成的最大威脅。

兩小時航程後停船，測得船下黑潮流速二點五節，流向正北，看見船長再次用力點了兩下頭，舉起拇指，肯定的口吻說：「正烏流（正黑潮）」。

就這裡了，按下GPS座標點，開始黑潮台灣段漂流的最後一百公里航程。

「贊助者海上見面會」，是今天漂流隊伍的重要大事。

這是感謝贊助者的回饋活動，特地邀請贊助貴賓來花蓮搭乘賞鯨船，出航與漂流隊伍海上相會。

贊助貴賓將親眼看見海上漂流隊伍，也算是參與了一小段黑潮漂流航程。

午後三點，日曬偏在西南，西向海面陽光一片點閃熾亮。

漂流隊伍漂到花蓮港正東海域，離岸十浬。我在方筏上，眼光往西側海面搜索，儘管戒護船與貴賓船兩船間已約好無線電聯繫，海上儘管遼闊，約個座標點見面應該難不倒這兩艘船上經驗豐富的船長。

其實不需要我裸眼搜索的。

但還是屢屢不自覺地朝花蓮港方向望去。

我在期待什麼嗎？

外海沒有明顯地標，約會多少有些難度，但既然安排了如此一漂、一動難得的海上見面會，就不希望有任何閃失。

另外，女兒也是贊助者，她這天早上特地從台中回來，下車直接趕到碼頭，希望她能趕上這班貴賓船，也期待能順利與一個多月沒見面的女兒在黑潮海上相會。

這樣的心情吧，方筏上的我，常抬起頭伸長了脖子，搜尋周遭海面船蹤。

二十分鐘後，發現西北向有艘船影，應該就是了，滿心歡喜，我從方筏上站起來，準備迎接，準備見面。

又十分鐘後，船影從視野裡消失無蹤。

會不會兩船間聯絡失誤，會不會出了什麼狀況？很想立刻問一下戒護船船長，與貴賓船有聯絡上嗎，他們是否已順利出港，或者，有狀況嗎？

船與筏，隔著海，諸多不便，所有的擔心只好暫且擱在方筏上，坐下來繼續耐心等待。

又等了半小時，西南方出現第二艘船影，怕失望太大，一時不敢高興太早。「等一下確認後再來高興吧。」如此安撫自己。

這艘來船，船影堅定，持續噴著船尾浪朝向漂流隊伍快速接近。

「應該是了吧。」脖子伸得跟鵝一樣長，心頭跳了好幾下。直到看見這艘來船船頂的瞭望台和遮陽棚，認出這艘多羅滿號賞鯨船，終於確認是前來相會的貴賓船。

這才從方筏上站起來，吃下一顆定心丸似地，開心了起來。

我單手攀著方筏上的旗杆，等來船逐漸接近到可以喊話的距離，我先對著來船揮手，再抱拳致意，然後兩手圈起嘴用所有的力量喊：「感謝你們的支持，此刻，我們才能在黑潮裡進行漂流計畫，在黑潮裡與各位見面。」海上空曠，我需要用我所有的嗓門，和盡量勇武出來的豪邁，來稍稍表達我對計畫贊助貴賓們的由衷感謝。

「已經漂過兩百多公里了，剩下的一百公里，一定順利。」我又補了一句。這句是承諾。

賞鯨船甲板約一點五公尺高，方筏緊貼海面，這樣的喊話距離，其實看不清船上來賓的臉孔，道過謝後，我降低音量問：「Olbee（女兒筆名）在嗎？」

點名喊有一樣，女兒這才從船上的來賓群中揮手。

「有趕上船班就好。」我心想。

女兒這次回花蓮，不是在岸上家裡而是在海上見面，是搭船來到黑潮上與父親見面，她在船上，我在方筏，這確實有點特別。想想也是，應該從來沒有過這種形式的父女相見吧。

趁女兒還在甲板上揮手的空檔，來講一下我和女兒的關係。

女兒小時候跟我感情很好，黏得很緊，幾乎到捨不得稍稍分開的地步。後來，從她小學低年級就離開花蓮與她母親在台北生活，見面機會不多。一直到她大學畢業，才回來花蓮住。回來沒多久，又嫁到台中。這輩子女兒與我實際相處時間並不多。記得她跟我講過，很懷念小時候的冬天，花蓮家裡的窗戶縫隙會發出呼嚎的北風聲。她不知道的是，多少次，我站在窗口望向北方掉淚想她。那時我在海上捕魚，也好幾次，漁事空檔，我在漁船甲板上看著北方山頭，試著想像女兒所在的方位。海上思念感覺特別空茫。

這次，她從台中趕回來參加海上見面會活動，我心底歡喜，她是以行動支持這次黑潮漂流計畫。其實我一直期待她認同的是我經營了一輩子的海。

她在甲板上朝向方筏上的我揮手，這是很特別的一次見面。我滿心歡喜地用心記下這一刻的見面場景。

沒想到。

「Olbee爸，」耳裡響起女兒的呼喊。

女兒用船上麥克風與我隔著船筏隔海喊話，她說：「之前好幾次聽你提起黑潮漂流計畫，沒想到，今天就看著你英勇地站在海上漂流。」

眼淚就這樣止不住嘀嗒滴嗒地落在方筏上。

幸好方筏與船隻間有段距離，幸好戴了太陽眼鏡，船上貴賓應該不至於看清楚方筏上這一時失控的洶湧情緒。

勾起我洶湧情緒的可是女兒麥克風話語中的哪一句嗎？或是因為如此特殊的見面情境所引發，還是執行這計畫始終繃得太緊的壓力嗎？無論如何，冷靜自信的情緒，竟就防不了女兒這幾句隔海喊話而全然決堤了。

也許，每個人心中都有一道裂著缺點縫隙的閘門守著淚泉，這道閘門完全禁不起無可彌補的遺憾前來敲門。

這與貴賓難得的海上見面會，竟意外出現這離題的一幕。

時機尷尬，儘管心裡頭是希望貴賓們多停留一會兒，但又希望見面會就此揮手道別，或者，至少保持安全距離。

接著，聽見船上有伙伴鼓譟。

一時也分不清鼓譟的聲音來自貴賓船或戒護船上。

這聲音要求，我跟女兒在海上握個手。

糟糕，心底情緒波動仍未平息，我必須盡快壓制鬆開的閘門，拴緊水龍頭。

不是害怕跟女兒握手，是擔心船與筏接近這一刻，在貴賓面前失態。

也幸好船、筏大小懸殊，高低差距，要將船隻操作到能順利握到手的地步，考驗的是船長的操船技術。

女兒站上船尖，試了好幾下，不得要領。

我也趁機幾次用力深呼吸，緩衝了一下情緒，暫時強勢給闔上那道閘門。

女兒從船尖下來，換成左舷中段較低位置處，再試一次。

靠近了，漸漸靠近了，這裡才對，不是船尖，這位置才有機會握到手。

我左腳尖，點在方筏邊緣，右手牽拉旗杆繫繩，半側身盡量伸長左臂。

隔岸那一方的女兒，也半身探出舷外，伸長了左臂。

我們倆手掌全開，指頭盡量挺直伸長。

接近了，接近了，父女之間，就剩一個手掌寬就能握到。

再撐一點，再撐一點，剩一根指頭寬就能和解。

再撐一點、再撐一點，我們都盡力了，最後，只剩一片指甲寬就能釋懷。

眼看著就要指尖相碰了。

這最後關鍵，最後的兩公分距離，方筏旗杆應該是負我過重，忽然往我方向斜出五度。

這一傾，我身子一斜，重心頓失，往前斜倒。

心一驚，手一縮，眼看就要落水。

落海前剎那，我眼角掃過船舷，警覺到，這時船舷邊至少有十幾部舉在眼裡打算拍攝或錄影捕抓父女海上握手畫面的相機，很有可能，最後拍到的畫面會是我滑稽跌落方筏並在筏邊炸開大團水花的狼狽落水精采連續動作。

那豈止是在貴賓面前失態，根本是顏面盡失，漂航兩百公里的辛苦，和剛才女兒口中的英勇，以及累積一世的海上英名，都將隨著跌落的水花毀在這片刻、這剎那。

「不行，絕對不行，絕對不准自己這樣子在貴賓、在女兒、在船上伙伴們的眾目睽睽下，如此狼狽落海。」

立即反應，先半蹲，降低重心，再半扭身，迴住外摔的趨勢，然後強勢往後用力一靠。

已經一起漂過兩百公里了，方筏上各個位置、角落，一如自己房裡的配置那般熟悉，心裡明白，往後用力一靠，旗杆應該恰好能撐住我，及時化解掉摔落海的尷尬。

這轉折過程，用了一百多個字來形容，其實，時程不過瞬間；說起來好像真的，其實有點武俠小說式的誇張。

但確實是有練過。

漂流前特地練了體能，讓自己的筋肉肌骨在執行計畫途中，若遇到突發狀況時，能在最短時間爆發最大能量。就像剛剛這片刻，有練沒練，就會有撐住跟狼狽落海的差別。

一招迴身定位，化解掉落海危機，暫時保住英名。

但手還是要握啊，大家都等著。

換邊，左手不行換右手。

女兒也很有默契地伸出右手。

又拉又扯，在船上伙伴的協助下，幾經波折，就像這輩子跟女兒的關係一樣，父女終於如願，隔著汪洋大海，終於握到了手。

幾經波折吧，握住的這一刻，因為珍惜，因為不容易，掌心裡都帶把勁，握住的就不願意再鬆手放開了。

這時我跟女兒因為幾番周折終於握到手，兩人臉上都滿是歡喜的笑容。知道啊，我們的笑容裡都帶著淚。

無可彌補的遺憾又來敲門。

一輩子走來，與女兒的因緣起落，都在這次黑潮見面會中互相填補了些什麼。

我鍾愛的海，鍾愛的女兒，鍾愛的黑潮，都在這裡，都在這一刻、在黑潮海上相會了。

「老師在……」船上，一位學生伙伴多事。

被發現了，只好放手，放開船與筏的距離。

夕波生暉，道別時候到了。

揮手，貴賓船扣上離合器，船尾擾出道別水波，用力揮手，貴賓船往夕陽深處快速離去，我踮起腳跟用力揮手。

回饋贊助貴賓的見面會，沒想到，竟意外加演了這齣有些失態的父女海上相逢記。

貴賓船踩著海面閃爍的夕陽暉光快速縮小身影，贊助貴賓回去了，女兒回去了，他們很快將回到島嶼，我們將繼續海上未竟的漂流。

我坐下來，這時，人去樓空的空虛感猛烈來襲。

一隻白腹鰹鳥不曉得為什麼選在這時，繞著方筏，繞著我盤旋。

好幾次覺得牠將降落在方筏上。

好幾次我伸手招呼。

北風增強，吹得方筏邊的海面都皺出疙瘩似的風痕。

想到女兒今晚將回到我不在的花蓮家裡，也不曉得她是否會站在北風窗前，聽著風聲，望向我漂流離開的方位。

28 漂呀漂

醒來後呆坐了一陣子，大浪，但方筏柔軟，筏邊未見浪花濺起。

方筏像是鑲嵌在海面上，半滲著，半融著，沒有排擠，沒有對抗，方筏不僅完全被海洋接受，而且還相契相合。

防水袋中拿出筆記本，想寫一些感想。

記得出發前整理行囊時，特地拿了本全新的筆記本放入背包，同時也告訴自己，這一趟，就寫滿這一本吧。

方筏上當然也可帶筆電、平板電腦或手機，但戒護船跟方筏間得攀爬上下，方筏也可能隨時翻覆落水或浸水風險太大，想寫些感想，還是帶最傳統的紙跟筆最安全。

幾天漂下來，發現方筏上最適合做的事就是發呆。

也許你會以為發呆就是放空，什麼都不想。但腦子若是醒著的，很難要求他不轉，除非刻意。刻意不讓腦子轉呀轉的，需要用力克制，而只要是用力的事，似乎就不適合此刻漂流方筏上散放的隨意感。

最好的就是漂呀漂的感覺啊，軟綿綿的，想帶我去哪就去哪，方筏上最適合的心思就是這樣，隨他飛哪裡去、漂哪裡去都好。

心思飛到岸上去，當然好，從陸地出發也將回到陸地，心思繫在那頭也完全合理。只是有點遙遠，方筏的眼睛看著海，耳裡聽著海，很快就會將飛得太遠的心思給喚回來。

心思若停點在某人或某事上，也都合理，人情世故，難免有牽掛或放不下的，若關係強度夠，照理說應該可以穿越方筏邊包圍著的水漾漾空間停留稍微久一點。但幾天漂流後，大概因時空切割感太強吧，關係再怎麼密切的人或再如何掛心的事，都已恍若隔世，感覺都已經是外太空另個世界的事。心思很快又回到方筏上。

有時心思會繞回來，操心這計畫的瑣碎雜務，但不是正晃悠悠順利漂著嗎，方筏與海的關係都如此自動地調整到出乎意料外的和順，人還在那瞎操心什麼，擔心點到就好，也無須久留。

隨他去吧，讓心思隨意來去，隨意漂流。

方筏上的發呆大概就這樣，心思轉呀轉呀，漂呀漂的，這裡點一下，那頭碰一下，但是都蜻蜓點水般，輕輕地，短短地，連漣漪都來不及擴散，好像一口氣才想要呼出又立刻被吸了回去，不曉得又飛哪裡去，漂哪裡去了。

睡覺當然也很好，只要信得過方筏的涉海能耐，信得過海洋不會惡作劇，只要信得過，就睡得著。

啊，天宇為帳，海波為床，黑潮流動，一輩子好像沒幾件事足以比擬此刻的落拓。

漂流第五天，跟伙伴借了一部水下相機到方筏上，這天的方筏時間，大半趴在筏邊，為筏下這些天天陪著我漂流的小朋友們拍照。

方筏並不孤單，如浮魚礁聚魚效果，筏下經常聚集了一群小魚陪伴漂流。

偶爾會有一兩隻游出方筏下，游在筏邊一下子，像是探出頭來與我招呼。

「哈囉，小朋友。」第一次見面我直接這樣招呼牠們。後來，心裡頭就留著小朋友這名字，繼續這樣稱呼牠們。

這天帶相機下方筏，就是想為方筏下這些有緣千浬來相會的小朋友們留下影像。

年輕時有次走海邊流浪，那天腳步走在碎浪邊，短短距離捲浪後忽然側身跳起一條身形不小的鮪魚。這條鮪魚從破水到落水空中停留也許不超過兩秒鐘，但眼神對看以及牠的躍水身影，成為我腦子裡的永恆記憶。

想想也是，海陸相隔，人海茫然，魚海更是茫然，若不是黑潮近岸，我絕無可能與這條大洋中洄游的鮪魚如此見面，我腦子裡永恆記憶的是這難得的機緣。筏下這些小朋友也是。

沒有這場漂流，就絕無可能出現筏上筏下的這場聚會。

我趴在筏邊，單手持相機，整條手臂沒入水裡。

筏高五十公分加上約十五公分竹架厚度，我得側臉貼近海面，臂長勉強可以讓相機探到筏底。儘管我的眼無法臨貼相機視窗看見筏下風光，但持續操作相機快門，或許可存取些牠們筏下的清晰身影。

將相機伸入筏底，亂按一通，就是給小朋們的拍照方式。

拍照時，好幾次看到，有幾條小朋友游出方筏，一陣子後再游回筏下，好像是探頭來問：「請問你在做什麼啊？」

後來看這些亂按拍下來的小朋友們的照片。啊，水這麼乾淨、這麼藍啊，千浬來相聚的小朋友們在筏下游得如此悠哉緩款。大洋裡生活，大概也只有找到方筏這一刻，能喘口氣，能稍許從容地漂呀漂的。

若能以類似海豚的雙瞳孔視野，海面、水下一起看這場漂流，方筏上載著我，方筏下載著這群魚兒小朋友們，一起在黑潮裡漂呀漂的。

後來看那天胡亂按拍下來的照片，一起搭乘方筏漂流的好幾位小朋友，有些是我三十多年海洋經驗中不曾見過的魚種。

後來我將這幾張小朋友的照片放在電腦桌面，漂流後這一年多來，我輪流看著這些曾陪我搭乘同一艘方筏一起漂流的小朋友們，有時會想，不曉得這一年多來，當方筏完成漂流任務，拖回岸上，這些小朋友們游哪裡去了。

是否能找到另一艘方筏，遇見另一場漂流？

無論小朋友們的游蹤如何，因緣聚會大洋裡一起漂過一段，牠們肯定會是我腦子裡漂呀漂的一段永恆記憶。

29 終點

強風勁浪，北風一天比一天豪邁，黑潮頂住方筏，繼續快速北向強行。

漂流的第五個破曉，漂流隊伍已漂過宜蘭花蓮縣界的和平溪，清楚看見落在後頭的花蓮和平火力電廠煙囪，和宜蘭南澳部落。

海上見面會後的這一晚，我們又往北漂了將近五十公里。

像道長鼻伸出海岸的東澳鼻小山頭，清楚座落在不遠前方，根據海底地形圖，深邃的海盆地形過了東澳鼻後，將遭遇東北向橫過來的琉球島弧海底火山山脊，判斷黑潮主流將在過東澳鼻後大幅轉彎，朝東北向往外離開台灣沿海。

也就是說，漂流計畫黑潮台灣段的漂流，將在過東澳鼻後抵達北端終點。

「這麼快呀。」真的只剩最後一浬中的最後半浬了。

從台東大武，漂到宜蘭蘇澳外海，東西向加南北向一共大約三百公里的漂流行程，竟然在漂流後的第五個黎明，看見終點。比起預估的十二天，折半後還要快一些。

有些恍然，經年籌備的計畫，下海後，除了花蓮市外海暫停了一下，竟一路像快刀似地，嗖嗖嗖幾下，已將近砍到終點了。

船長過來說，滯留在東北方沖繩附近的獅子山颱風確定轉向東北，順著黑潮的東北向朝日本去了。

鬆一口氣，終於解除了這趟後段漂流的最大威脅。

颱風受高空氣流牽引而移動，而影響我們漂流隊伍行進的是水面下的黑潮海流。颱風算是在高空飄流，我們則是貼著海面漂流。

都是行徑飄忽啊，都不容易預測速度和方向，弔詭的是，颱風和漂流隊伍一樣，往北的大方向又大抵是既定的。漂流隊伍如果不在過東澳鼻終點收隊的話，行進航程大概會和獅子山颱風類似，往東北方的日本漂去。

獅子山颱風遠離，雖然解除威脅，但天候大幅更動狀況下，對我們的最後一段漂流，並不一定絕對有利。

牽動獅子山颱風轉向的氣流，應該就是從颱風西北邊壓下來的這道冷高壓，也是這年夏秋之際形成可能影響台灣天候海況的第一道明顯鋒面。

獅子山颱風頂住冷高壓，滯留徘徊的這些天，儘管受他長鞭影響波及台灣沿海波幅頗高的長浪以及陣風，但它確實扛了幾天冷高壓，讓鋒面不至於快速揮軍南下，讓漂流隊伍這幾天順利通過島嶼東側海域。

當然，萬一獅子急轉頭，忽然轉向南下，撲向台灣海域，漂流隊伍恐怕就得倉皇靠岸，躲進最近距離的港口避難。

颱風遠離，如今漂流隊伍上空的天氣將轉為鋒面系統。每年入秋後下來的第一波鋒面，久違反撲，下馬威似地，海上恐怕強風驟雨如討海人形容的「起暴頭」。屆時，漂流隊伍得面對的恐怕就是持續強風所引發的不規則大浪。

颱風是大掃刀，鋒面是小快刀，砍過來的話，漂流隊伍都承受不住。

終點在望，就希望這兩把刀，這兩個勢力的交接關鍵，拜託留一點縫隙空檔給我們漂到終點。

跟一般競賽很不一樣，漂流終點雖說看見了，其實也只是猜想的終點。漂到猜想的終點那裡，黑潮可能會轉彎向外嗎？

終點其實並沒有明確座標，若是漂到預想的終點那裡，如果黑潮不轉彎呢？如果看得見預設終點的此時，黑潮若停下來，眼睛看得到的終點並不一定就到得了。終點真的存在嗎？

確定不會有一個終點座標，或一道終點線等在那裡。

過去經驗，最後一段，往往都是最需要堅持，也是全程最艱困的一段，海上漂流也是這樣子嗎？

天氣系統將要轉變了，時間似乎不允許任何延宕，儘管終點似乎近在眼前，又好似遠在天邊。

漂流好像沒有眼見為憑這回事。

終不終點，就拜託祂來決定了。

好像有聽見了，天色全亮後，海況和緩許多。

紀錄片團隊大概也意識到終點在即，空拍機頻頻飛到方筏上空。我在方筏上寫了好幾頁前一天海上見面會感想。一抬頭，看見七、八隻大水薙鳥坐一排停在方筏東側五百公尺海面上浮浮沉沉。

一邊也盤算著，終點出現後的收拾工作與工作分配。

打算由我和有豐富海上經驗的年輕伙伴，登方筏，拆方筏，將方筏在終點海域拆解後上船，如此，即使遭遇鋒面，海況惡劣，戒護船可以在沒有拖拉負擔下全速返航。

午後，漂流隊伍漂過東澳鼻。

船長過來說，氣象預報，這波冷高壓確定明天下來，氣象局已發布隔天的海上強風特報，預報最大浪高可能達五公尺。

船長宣布的氣象資訊，其實已經宣布了時間上的終點。隔天起的海況，將威脅漂流隊伍的安全。

時間終點快到了，位置終點也差不多到了。

漂流隊伍來到蘇澳外海，風速激增，海況再度惡劣。

這時，就等最後一個終點訊息出現，就等流向偏轉向外，就能明確地認定終點。

午晚餐由漂流回去後將要開餐廳的小伙子掌廚，前一天才補給的豐富食材，足以讓他面對空間搖晃狹窄、煮食設備簡陋的戒護船廚房辛苦好一陣子。也是最好的職前訓練吧，這條件下若能做出美食佳餚，岸上還有什麼難得倒他的。

後甲板上兩只保冷箱拼成一桌，擺出海上廚師料理的滿滿一桌，從台式炒米粉到西式生菜沙拉，盤盤顏色材料繽紛。

氛圍明顯，食材盡出，海上漂流的最後一餐。

也太神奇了，隊伍果真開始偏離岸緣，流向東北。

終點確定後，心裡其實有些遺憾。

黑潮果真轉彎，偏離沿海，若按照當下的流速，最快十九個小時後，大約在隔天上午，就能漂流到台灣與日本與那國島間的海域國界，漂到那裡，將會是更圓滿的終點。

這更圓滿的想法，也跟船長討論過可行性。

船長強烈建議，不要冒這個險。他說，在沿近海跟在大海中遭遇同等級惡劣海況，可能會有不一樣的結果。簡單說，若狀況不對，沿近海可就近進港避風，大海中就非得苦撐硬撐到底不可。而且，我們繼續的話，一定會遇到這波剛下來的鋒面「暴頭」，過去經驗，這鋒頭不好惹，遭遇的時間點又可能落在半夜，種種不利因素糾結在一起，要這樣拚嗎。

船長也認為，風勢已起，海上拆解方筏，不僅作業不易，作業風險也大，建議縮短方筏拖纜，拖行時讓方筏一角略微仰起，降低水阻，戒護船可以八成航速盡快返航。

老船長畢竟老經驗，狀況又分析得有理。
按下GPS，確定終點。
從台東大武外海出發，扣掉花蓮港上岸時間，歷經八十七小時抵達宜蘭蘇澳外海終點，平均流速每小時三公里。
戒護船啟動，拖方筏返航。
留一點遺憾，留點機會給下一次。

30 裸

返航順風，船速飛快。

天黑前，戒護船拉著方筏通過清水斷崖，通過立霧溪口，回到七星潭海灣外海，回到熟悉的家鄉海域。

迎面一潭子海風，灣底山稜線依然蒼鬱高聳，空氣中飄著淡淡的清幽味，漂流幾天後，終於有將要回家的感覺。

一進海灣範圍，果然就遇見一群灣裡常見的飛旋海豚。

牠們是多年老友，彷彿知道這艘船上有許多熟面孔，知道船上這些人長途漂流回來，需要更多家的訊息和更多家的安慰，牠們屢屢來到船邊流連。

直到夜幕垂落。

黑糖導演忽然跟我說：「等一下你再上方筏，我們補拍一些畫面好嗎？」

「當然，」花蓮港距離已近，時間和海況都還允許，我建議：「我們進灣裡好了，那裡閃風，風浪較小。」

戒護船自返航途中，半迴轉，折進海灣裡。

黑糖又說：「等一下拍你在方筏上裸身，好嗎？」

「好啊，不穿衣服嗎，沒問題。」

「不，是全裸。」

不要吧，我心想。

雖然不是三廣身材，也不是沒這種經驗。記得以前捕魚時，夏夜裡獨自出海，也曾裸身貪涼面對大海，但那時是獨自一人，又年少輕狂，此時，年紀老大不小了啊，又有漂流伙伴一旁看著，重點是，伙伴中還有上過我課的女學生啊，這恐怕不妥。

「不穿上衣就可以吧。」我跟黑糖爭取也算是再確認。

「不，希望是全裸。」黑糖以堅定的語調補充說明，他說：「只拍你的背影，不會拍到正面。」

船隻駛進灣裡，夜已黑透。

登筏前，算最後掙扎，再次問：「確定要全裸嗎？」

這下不只黑糖點頭確定，船上伙伴們也都帶著有點奇怪的笑容一起點頭。

「好吧。」既然最灑脫、最豪邁的漂流都度過了，裸就裸嘛，不答應反而顯得小器。

穿一條運動短褲登方筏，登筏前，還轉頭跟女學生開玩笑說：「妳，未成年，等一下不准看。」

「等一下我會待在船隻另一側。」她詭笑回答。

幸好夜色如墨，幸好方筏拖纜鬆出約十幾公尺，隔著海峽，隔出了最起碼的安全距離。

船燈打亮，我裸身坐在方筏上。

船燈的光、伙伴們的眼光、攝影機鏡頭的光，感覺所有光都像是投光聚焦燈般將光束直照在我背上。

背對船隻，背對光源，沒問題，唯一可越界的是空拍機。但發現空拍機的蠅蠅引擎聲十分守禮、守約，一直留在我的背後。

盡量挺直背脊，無論如何，對我這種原本就大方不起來的個性，公眾裸身，儘管觀眾不多，又在經營了一輩子的海上，但這一刻還是拘謹。

「好，請穿上。」黑糖用船上麥克風給我指示。

受刑結束，保持坐姿，快手快腳穿回運動短褲。

才穿回一半，褲頭卡在膝蓋，聽見一陣引擎聲從方筏左側後，快速迴出，不是蜩蜩空拍機的聲響，是船隻厚重的引擎聲。

糟糕，褲頭一緊張，愈是刻意卡著拉不上來。

船聲漸近，船聲就要迴到正面來了。

管它咧，扯破也要把褲頭給拉上來。

兩腿一踢、一伸，兩手一起使勁，硬是把褲子給拉上來了。

拉上來的瞬間，船隻剛好轉到我正面來。

原來是一艘海巡巡邏艇，好哩家在，幸好及時拉上。

不然褲子穿到一半，半夜海上，到底在幹嘛呀，恐怕比偷情被抓還難以解釋，真是尷尬。

「我們在拍戲……」黑糖及時透過麥克風向巡邏艇解釋。

「那注意安全囉。」巡邏艇麥克風回應。

「現在再脫一次。」巡邏艇遠離後，黑糖導演重新廣播。

啥，以為已經結束了，沒想到只是因為巡邏艇過來而暫停。

「這次站起來。」

我緩緩起身，筏面軟晃，我裸身兩步走到旗杆邊，單手握住旗杆，挺出胸膛，全裸面對我熟悉的海洋，面對遠方灣岸上我熟悉的家鄉燈火，心情忽然豪邁起來，不再尷尬。

這些困擾我一輩子的拘謹，宛如順過筏邊的浪流。

這是解脫嗎？

隱約知道，這一趟漂流，加上這一脫，我似乎放下了些什麼。

這可是漂流終點外的另一個意外終點嗎。

拍攝完工，從方筏上來戒護船前，我跪下來親吻了一下方筏。一向就不是個善於表現內心情感的人，特別是在眾人眼前。但我是真心感謝方筏，漂流這些日子來，親密伙伴一樣地承載、陪伴，載我安穩穿越三百公里曠野大海。

過去，我的感謝應該只會默默放在心底，最多寫在文章上。會不會因這場豪邁的漂流與裸露後，我還想以行動來進一步表示。

登船這一刻，黑糖跟伙伴們說：「鼓勵一下。」

伙伴們的掌聲中回到戒護船上。

黑糖過來與我抱了一下。

然後，我開玩笑說：「下一位。」

下一位擁抱者，或是，換下一位裸身登方筏的伙伴。

方筏拉緊，戒護船啟動引擎，開始飄雨。

感覺祂又幫了一次忙。

九點十四分，鋒面下來，大雨滂沱中回到花蓮港。

31 海濱

漂流回來後，有次搭海線列車北上。

海線區間車叩喀啦叩喀啦穩定地沿著海岸鐵道往北行駛。

這是一段岩礁海岸，隔一段油綠開闊的海階地，浪濤聲和區間車敲出的軌道聲相互應合。

礁濱站停車後，上來一對母子。

綁馬尾的年輕媽媽牽著一位約莫五、六歲的小男孩上來。

上車後，他們坐在車廂靠海這一側的座椅上。

媽媽身材勻稱，穿一條淡藍色牛仔長裙搭一件灰白綢質無袖短衫，男孩體格健實，一身藍白色水兵裝。這對母子的穿著，應情應景地對照出車窗外叩喀啦叩喀啦穩定流過的夏日海岸風情。

坐定後，媽媽從袋子裡拿出便當盒，男孩只顧趴據窗緣，看著窗外浮沉奔馳的海岸線，完全不理會媽媽的用餐招呼。

媽媽索興將便當盒鋪在膝蓋上，一邊看書，一邊持木製調羹，一匙一匙地慢慢吃了起來。

一陣子後，小男孩忽然指著窗玻璃回頭跟媽媽說：「媽，看，那裡有人釣魚。」

「然後呢？」年輕媽媽一邊看書一邊吃便當，頭也不抬地隨口應答。

「然後，然後就釣到了一條大鯊魚。」

「接著呢？」

「接著鯊魚就把釣魚的人給吃掉了。」

「後來呢？」

「後來釣竿沒人拿就掉到水裡去了。」

「吃了人的那條鯊魚呢？」

「那條鯊魚就假裝變成了那個釣魚的人。」

「那個鯊魚人還繼續釣魚嗎？」

「鯊魚都嘛直接咬，才不會釣魚呢，而且釣竿早就掉水裡頭去了。」

「結果呢？」

「沒魚可釣，那條鯊魚人就打算要回家去了。」

「回哪個家啊？陸地上的，還是回海水裡去？」

這時，我坐直身子，轉頭看了這對母子一眼。

年輕媽媽依然看書吃便當，小男孩已經從窗台坐回自己靠窗的座位，若有所思地低頭看著車廂地板，前後晃蕩地一下下踢著小腿。

奔馳的海岸線隨車行節奏，如一道響著節拍的浮沉曲線，從一個窗框抖動著跳到下一格窗框。

我的視線越過媽媽和小男孩的臉側，恰好看見窗外海濱礁台上，有位模樣像鯊魚的人，一步步跳著扭著，將要離開海濱。

32 回來後

漂流回來後，覺得腳步變輕，語調也變輕。

原本就四處走到處看似乎居無定所的生活型態，漂流後，周遊得更廣、更遠。

有朋友問，漂流計畫為什麼會挑在颱風最頻繁且鋒面開始南下的八月底執行，又為什麼挑得這麼準，恰好挑在兩個颱風間、一波鋒面前，若是早幾天或晚幾天開始或結束，恐怕都無法順利完成漂流。

「不是我挑的。」

我的意思是，這樣的海上計畫，日子早就決定好了，沒辦法因天氣來挑日子。

漂流後林老師來電，一起漂過黑潮的球背象鼻蟲幼蟲存活兩隻。

漂流後，來了個颱風，一整天強風豪雨後，傍晚雨勢趨小。夜裡，我撐傘走到海邊，想靠近看一下受颱風攪擾後的黑潮。

知道她不會有事，知道她經歷過無數颱風，也相信颱風能擾動的只是她的「流皮」（討海用語，表面的海流），就像一陣風寒刺激她皮膚上皺起了疙瘩，她整個往北的大勢，仍然底定、沉著。

雨停了，我收傘看向離岸深遠處的一片墨黑。最近讀的一本雜誌，裡頭提到有位服裝設計師以「黑色是最低調，也是最有態度的顏色」來形容黑色。覺得這位設計師根本就是在形容黑潮。

平靜和洶湧都經歷過，姿態自然低調。熱帶、溫帶和寒帶都見識過，因而走得沉穩。黑潮的黑，通透、乾淨、深邃；她的黑，是乾淨的厚度累積出來的黑。她的黑始終漂泊沒有形態，無可捉摸。

回程走在風雨刷洗過的清冷街道上，忽然想到，漂流計畫已經結束，但我的心還在漂流。漂流前，為漂流計畫拜訪水試所台東分所，客運車走在清晨海岸路上，一邊山一邊海，那天，太平洋安靜平展彷如一潭藍色湖泊。

客運車沒走外環道，直接切進村子裡。街上熱鬧，村裡停的站多，車子走走停停，上車下車，我一路看著如長龍擺街的村落早晨市集，看著上車下車一張張明顯和城市居民不一樣的臉孔。

只是感覺，很難具體形容跟城市人哪裡不一樣。大概是多了些陽光和黑潮海味的臉龐吧。

客運車一路帶著陽光帶著海味，想起自己年輕時，常在這段海岸，在這些村落裡流浪的往事。

車子出了村落，爬一段小坡上了公路高點，我轉頭看了一陣海洋外緣的深色海流。那是黑潮，不久以後，將搭乘方筏在那裡漂流北上。腦子裡想著，那一段距離外的黑潮，是否看得見島嶼東海岸清晨時分一輛慢慢走在海岸路上的客運車。黑潮是否還記得，許多年前曾經有個孤單的生命，在這段海岸、在村落間流浪流連。

想起過去的遠航經驗，每回船隻近岸時，常站在舷邊望著岸緣，想像有一天，要從陸地來到這一段陌生的海岸，想用岸的視角，回頭來看見自己曾經的海上航跡。我想要對比的不僅是相對視角，還有相對心情。

忽然許諾般跟自己說，漂流回來，要來行走這一段曾經漂流經過的海岸，從島嶼陸地，一寸寸徒步北上，以相對位置重新看一次自己的海上漂流。

漂流後的某個冬日，天亮不久，我從漂流起點台東大武沿著海灘徒步出發，陪著黑潮往北行走，目標是六十多公里外的台東市。

這是島嶼陸地往南瘦下去的一段，也是漂流第一天漂流隊伍從清晨離岸十二浬漂到入夜後離台東市不到一浬，緊急啟動戒護船將隊伍往外拉出三浬的這一段海岸。

不一定是因為漂流遭遇的第一場狀況而選擇了這段海岸，是想要以不同位置來補滿海陸視角差異，也想要一步步重新看待曾經的流浪和曾經的漂流吧。

並不確知，或許只是想要回到原點，重新出發而已。

回到漂流原點，回到年輕時海邊流浪的原點。

行走海灘，跟漂流一樣，心思愛去哪就去哪。

隨著踩在灘上砂礫發出的腳步節奏聲，心思長了翅膀，有時飛在陸地，有時飛在海上。有時看見自己年輕時海邊流浪的身影，有時看見不久前的海上漂流片段。心思彷若長了眼睛，隨機隨緣地穿梭在三十多年來的時間和空間中。

走累、走乏了，倚著漂流木坐在灘上休息。

想到黑潮，她二十四小時三百六十五天從來不曾疲倦。

我可能學著跟黑潮一樣嗎？

絕無可能。

想像可以無限，但人體有限，生命有限。

所有我能學的，只有「資質不佳但靜靜默默付出貢獻」的黑潮精神。

這段海岸大多是卵礫灘，我徒步走了六天，走壞兩雙步鞋。

而黑潮不過一天，不著聲色地漂過這段距離。

漂流回來後，有次在碼頭遇見帶賞鯨解說回來的一位漂流伙伴，他走過來用神祕的語調悄聲跟我說：「海洋已經不一樣了。」

他的意思是，漂流回來後他在賞鯨船上看見的海，跟過去接觸認識的同一片海，已經變得不一樣了。

漂流回來後，確實哪裡變得不一樣了。

島嶼一樣座落，黑潮一樣流動，海洋一樣晃蕩綿延，甚至來船邊與船隻互動的海豚也都一樣俏皮活潑，但漂流過的這位鯨豚解說員伙伴，覺得海洋不一樣了。

我相信，漂流後，由他口裡解說出來的海，也會變得不一樣。

觀點會隨著不同位置流動，「大思考需要大景觀，新思想需要新位置」，這位漂流伙伴，是變換了新位置，也看到了大景觀。

那段「異常」的漂流經驗後，「正常」的舊世界自然而然也起了些新變化。人世裡總有許多被告知、被規定的規則和秩序得遵守。太多不是自己想要的目標，但非得卯足勁來拚死拚活地追逐，生命因而一路衝衝衝忙得不得了。

忙到沒時間抬頭看看天空飄過的雲朵，忙到不知道季節花開的差別，忙到沒時間來天馬行空地想像一下自己真正的渴望。

忙到忘了，當老天給了一個生命，一定也給了這個生命與眾不同的特質。

若能運用這樣的特質，一輩子累積，也許就能完成一段與眾不同的人生。就像季節花開，時序不同的每一朵生命都將結成不同的果實。

但往往為了被規定要的人生競爭，我們被告知，必要甩掉好逸惡勞的天性，甩掉粗魯的野性，拋棄不切實際的天馬行空，當習慣被馴服的同時，我們已不自覺地甩掉了自己最可貴的天賦特質。

大家愈跑愈近，開始跑在一塊兒了。

目標一致，大家的臉孔愈來愈像，表情愈來愈相似，行為舉止也都相近。大家就這樣，訓練有素地一起跑在同一條軌道上。

目標單一，我們變得更容易在同一套模式中被複製。

儘管這單一模式、單一軌道可能是一條最平坦、最沒有絆礙的大道，但在這套所謂的「成功模式」途中，必然擁擠，必然競爭激烈，必然因而忙碌不堪。

這條路上，浪漫不過是不切實際的代名詞，漂泊根本是失敗、失意者的行為，流浪，一定是魯蛇，而漂流呢？

漂流就是集所有不切實際、失敗、失意、魯蛇之大成。

但是我覺得，自己這輩子最值得拿出來談的，就是這些浪漫、漂泊、流浪和漂流的故事。

漂流不僅是「不法行為」，以單一模式或以陸地思維來看，冒險到海上漂流是標準的「不正常行為」。

將一個人丟進不正常的池子裡浸泡個幾天，還能期待他會用正常的眼光看這個舊世界嗎？視角如果是三百六十度，這個人被拋出單一軌道，其實是被拋進外頭的三百五十九度裡去看世界。

黑潮處身於開闊的十分之七，她所以沉穩，所以豪邁奔放。

黑潮歷經湧盪，所以柔韌。

漂流回來後清楚認知，生命面對的種種考驗，人類所依持的一直是繽紛多樣的野性所構成的適應力與開創力。

在那充滿能量的黑潮曠野裡漂流，我是被丟在一個異常且龐碩無比的原始環境裡，我的有限，讓我內心畏懼，我的渺小讓我必要以敏銳的感知，來偵查風浪及各種隨時可能發生的狀況，我的求生本能提醒我，必要特別警慎，保持敏銳，在生理及心理上時時武裝自己。

短短幾天漂流後，我並沒有被改變，而是為了求生存，有些過去被壓抑的本性或野性被喚醒了。

漂流結束上岸後，當被喚醒的自己回到原來的世界。原來的世界不一定用得到這些被喚醒的知覺或能力，但我十分確定，自己將以不一樣的觀點和態度來面對原來的世界。

我所了解的自然生態，單一絕非好事，繁複以及變異性大的多種多樣，是開創繁華繽紛的最大活力。

漂流回來後在一本書上讀到，那些還在叢林、在沙漠、在冰原、在海上如此惡劣環境下生活下來的人，我們也許稱為原始人或野蠻人的，他們的生存能力，他們對環境特殊的感知能力，他們所留下來的文化，都可能成為人類未來能夠繼續存活、繼續走下去的珍貴資產。

各種生物或種族，為了求生存而激發出來的野性，絕對是該物種可貴的開創力。

漂流這些天，我常將心思置放或說放逐在時空迥異的位置，來去之間，感受這裡的空間向度和時間刻度顯然和人世裡的不同，常深刻覺得，黑潮能量或黑潮撐張出來的空間，是老天給島嶼的最大出口。

記得下海漂流那天，我確實是將自己交給如天體運轉般的神祕力量手裡。

那天除了筏下竹管依著水波來去演奏的黑潮水笛子樂音，方筏上我也常聽見一陣若有若無的輕聲細響。

這是一股隱隱的、穩穩的，柔細深沉但持續不輟的輕聲低音。

此時的方筏面對五、六級陣風掀起如小山丘樣的北風浪，所有呈顯於水面上的力道都使勁推著方筏往南，但水面下的汩汩黑潮，我再次聽見，在風聲浪音中，在進行曲般的水笛子演奏間，持續發著細密不絕如嘆息如使勁撐住的低沉磨牙聲。

這股靜默柔韌的聲音，已融入方筏本體，也融入了浸在黑潮裡所有大大小小的漂流物，讓所有漂流者彷彿都有了意志，有了精神，有了生命，不卑不亢且完全自由地逆著風阻和浪阻，盤轉所有阻力為助力，讓方筏不知不覺中漂出每秒將近兩公尺的北向流速。

黑潮讓我知道，魚兒隨海流四海奔波，候鳥隨季風跨洋遷徙，雲朵隨氣流天際飄盪，只要盡心盡力盡可能地做好準備，然後落葉隨風，放手讓命運隨機緣，隨自己的特質放手去流轉吧。

漂流幾天後我深刻體會，過去所有的僵持，都將微渺遙遠，這一刻，形同裸身交給黑潮攜行，交給黑潮處理。

過去以為握住了什麼，這一刻才感悟到，其實握不住的更多。

當渺小置於宏翰，文明不過圈地自處。

我也發現，遠離人世的這個世界裡，有許多與我一起漂流的生命，感覺孤獨但並不孤單，我不過是得以盤過穹頂的眾多星子之一。

漂流時，感受黑潮，她教給我，放掉自我，生活方式並不唯一，一定還有另一種與海的互動方式存在，黑潮教我放開思想、靈感和直覺，教我一路摸索前行。

黑潮教我，能靜能動而且隨心所欲便是自由。她教我，放手讓自己像一片雲、一場夢，收手時，生命便能低吟盤桓。

她用極為輕細的語調告訴我：坐下來，世界會變大。

漂流後，我知道必要鍛鍊自己的能力，用以擺脫束縛。

擺脫身體和意志的束縛，擺脫年齡和生命有限的束縛。

漂流後的一年多來，我嘗試了不少過去以為不再適合自己年紀該從事的活動或能夠勝任的事。

這一年多來，黑潮不斷透過各種形式向我詮釋，漂流其實就為了脫困。

就在五十九歲的這個生命關卡，我在黑潮裡漂流，讓黑潮明白告訴我，那不是藉口，跨過去，重新開始。

然後，我就能以全新的觀點，全新的位置和態度，迎接六十歲生日。

33 然後

漂流回來後，夢見漂流。

陽光斜照的傍晚時分，我扶著旗杆站立方筏上漂流，四週濤浪起伏，浪高遠超過方筏，但我心思篤定，數日漂流後，我對方筏，對自己的漂流旅程都深具信心。

方筏邊，忽然橫出一道長條狀的港堤，心裡明白，漂流終點終於到了。

天色已昏，我攀上港堤，往前兩步，左右看了一下，堤上空蕩蕩的，以為會有人到港堤邊等我漂流回來。

忽然聽見身後傳來一陣短促的警示音。

轉頭看時，一扇自動門喀啦一聲快速闔上。

原來不是碼頭，是月台，是城市裡的捷運站月台。

對啊，如此快速流動的黑潮，簡直是島嶼的海上捷運。

一輩子都在渴望，有人在航行終點、漂流終點，等我海上回來。

月台空曠，只有一位女孩在遠處的閘門邊候車，她將要出發，確定不是等我。她白衣黑裙，簡單一束馬尾，單肩揹一只黑色書包，心思似乎不在月台上。

我向她走去，發現月台上淹了大約一寸厚的水。

我腳下踩出水花，發出水聲。

女孩微轉身，嘴角似笑非笑地，與我對望一眼。

附錄一　漂流伙伴文字分享

漂流黑潮×閱讀黑潮

◎黃湄琇

不經意抬頭　總會看見你／妳　專注地望向前方
妳／你　雙眼注視的是誰抑是什麼？

漂流黑潮的時光中　往往是用身體的感官去閱讀黑潮

從第一道日光躍出海面
更多金線流洩在濃黑的雲朵間　延伸到黑潮的海面上
佇立在船艄　雙手背在身後　凝望著　經過一夜漂流的你
昨夜沉睡的船上　沒有人知道你經歷了那些故事

是遇見那好奇的鳥兒　停在旗竿頭
是遇見那膽小的魚兒　躲在平台底
或者沒有那樣的小情小事
只有狂暴的海浪隨著風來到你的身邊讓你整夜搖晃差點散了筋骨
今早甦醒的船上　沒有人知道你經歷了那些故事
他　拿著咖啡　靜靜地望著你
她　垂著相機　靜靜地望著你
往往船上的人們很少對話各自望向不同方向
往往船上的人們忙碌起來各自望向同個方向
注視著你　看見你在的黑潮　望向我們在的天空
也許再望遠些再看深點
我們在黑潮漂流中稍稍貼近自己一海浬又被海流推開幾海浬

八月二十五日

有幾顆浮球，帶著黑潮的海水回到陸地，待陽光曬乾水分，留下鹽的結晶，是它的漂流印記。

八月二十六日送行

十一點〇五分，黑潮漂流團隊，再度出發，從花蓮港航行到昨天停止漂流點，繼續漂流。

九月二日〈這陣子煩惱的事〉

據說誰上了漂流的船，都得交出一個名叫「漂流感想」的心得。當踏上陸地感受陸暈試著重回軌道，當聞到雨的味道，試著回想那幾天海的味道，是否跟平日的海不一樣。坦白說，我只記得黑潮的水，如此清澈，好似可望進那超過兩千公尺的深度，那樣的純淨，從我每半個小時的例行定位事務脫離，那透澈的海，有種魔力，誘惑著妳，直直盯著，任時間消逝。

也許在黑潮，有另外一種時間計算的尺度。

漂流點滴

◎甘秋素

一開始聽聞「黑潮一〇一漂流」，總覺得是好虛幻的夢想計畫，但沒想到最後我真的參與其中。身為「黑潮海洋文教基金會」解說員的一員，總是在海上跟遊客解說著我們熟悉的黑潮，但其實我們並不了解他，熟悉的只是這股暖流他的基礎數據，他帶來台灣的東部海域的生物多樣性僅此而已。

很榮幸能擔任醫護戒護的角色成為漂流團隊的一員，第一次體驗在海上無動力的狀態漂流了六天。長時間離開陸地體驗海上的生活，感受在海上日月星辰的變化，這是和平常在海上擔任賞鯨船解說員截然不同的方式和感受，漂流的其中很慶幸自己不會暈船，看著其他隊友的嚴重暈吐，真感謝自己的體質是如此地適合海上漂泊的生活呀！

在漂流的六天中除了協助漂流平台的作業，其他時間每個人就是望向大海，看海還是看海，它就是當時我們的日常。但卻也是完全靜下心放空自己認真感受海洋的一切，海洋的波動、海洋的韻律、海洋所傳達的聲音及靈魂，也讓自己重新認識了黑潮認識了海。看似乏味的海上生活，但有時卻有意想不到突如其來的驚喜出現，如：站在船頭擦身而過的海龜、一直在船邊繞圈身上披著亮眼藍綠色上衣的鬼頭刀、四處躍出水面優美的滑翔的飛魚、穴鳥、水薙鳥、白腹鰹鳥……等不時熱鬧地穿梭在海面。第三天的夜晚，一群熱帶斑海豚激烈地追捕著魷魚和四處逃竄的飛魚，上百隻的燕鷗、燕子、黃鶺鴒和不知名的海鳥盤旋空中，不間斷地唱出悅耳的歌曲。這樣的夜讓人怎麼能不醉。

這六天中廖大哥也拿起了他塵封已久的釣竿教我跟蘇帆的林安釣魚，第一次體驗拿起釣竿體驗甩竿的抛繩快感。每當夜晚船燈亮起時就開始與魷魚鬥智。拉起第一條魷魚時那種快感就開始上癮了，欲罷不能地搏鬥到深夜。於是在四個夜晚的漂流中，釣起了十三條魷魚幫大家加菜之外，黑糖導演也給我了「魷魚女王」封號。這難得的經歷也增添了這次航程許多的色彩。

這次航向黑潮的漂流計畫，讓我重新認識了黑潮、海流的生命力，清澈透明的黑潮海水及黑潮裡的洄游性生物。萬物之大海水之深更顯得人類的渺小，如何認真地感受自然環境而正確地與之共處，才能讓這些真實的美永存。

漂流體驗

◎陳冠榮

前晚收拾著行李，還猶豫著要帶多少零食，正如小學的畢業旅行一樣興奮，興奮得有些緊張，難以入眠。

同一個碼頭，人員交替，前幾天我在岸上揮手，現在看著岸上的伙伴揮手，究竟接下來會有什麼變化，沒有人說得準。今年開始加入黑潮解說員的行列，實習、鑑定、陪伴、獨立，各種航班零零總總出了六十餘次，天氣好的時候，就和大家說說藍色大海映照的本心，海況差的時候，就安撫大家的心情：「把眼光望向遠方，海平線還有幾朵白雲，遠方也有層疊的山峰，稍稍仰起頭，讓身體隨著海浪上下起伏，左右搖擺，順從祂，而不抵抗祂，因為抵抗也是沒有用的，愈是抵抗，回向的力量就愈大……」

我們一般熟知的暈船，原因來自於視覺神經與平衡神經的衝突，導致前庭系統的錯亂，然而暈船的因素遠遠來得比澄明的黑潮複雜，六十個航班，一次漂流就擊破了天真。我用著我告訴乘客的方法，但心中暗暗沉吟著不妙，手指漸漸麻痺，倚坐在船尾的階梯，欄杆是唯一的引渡者，當祂拉我一把，今早的美味烤肉，再次通過食道，以酸腐之姿返回自然，我漱漱口，回坐，等待召喚……臂膀開始疲弱，雙腳不自覺地顫抖，又再次聞到變質的肉味，從口鼻中復往。啊！除了祈禱，我還能做什麼呢？年輕船長拍拍我的背：「你正經歷人生中最痛苦的時刻。」好久以前跟過廖老師的船，結果大家最關心的問題除了能不能見到海豚以外，就是問會不會暈船，廖老師用那一貫細細而堅定的聲音說：「吐也是一種體驗。」

許悔之的名字，以前就曾聽過，首次見到他和十年前我第一次見到陳黎一般，有著極大的震撼。〈聲音鐘〉的作者穿著夾腳拖鞋走進課室，班上的同學還有誤認他是來旁聽的阿伯。「在沉默的佛陀面前／圓滿的靈魂／一如他撫觸著我／乾枯的肉身」，悔之老師如廣播音質般的讀詩聲漂進耳中，然而語詞卻愈發鬆散，猶如乘著暮色坐在樹蔭下乘涼的外省伯伯們，忽然講起道地的閩南語，說起陳年糗事，大家笑得整艘船都搖了起來，只是生命中不會只有笑聲，悔之老師走到我身旁，向水槽吐了三口苦水，唉……船始終在晃。

除了在夢中飛翔，沒有別的方法可以離開大海。

船頭前頭有一道遮陽黑紗布，被風吹得欲欲振翅，紗下透出點點陽光，白色的舷上有著些許金光。此時我已慢慢融入潮湧之中，趴在黑色波紋下，閉上眼，貼伏著雪白的甲板，感受浪濤的呼吸。儘管我還沒有機會上到漂流平台，但在戒護船上，同樣地也用身體感受這股溫暖的黑潮，我微微睜眼，平台就在海面，廖老師時而望向大海，時而低頭沉思，沒有人知道他在想什麼，或許只是最單純的漂流吧！

意識逐漸清醒，身體還需要時間休息。我聽得見風與人的對話，也看得見咖啡的吐息，我曉得還要再等等，等到船上無線電的通訊熱烈起來，振坐甲板半小時，記錄浮光片影。多羅滿號載著計畫贊助者與志工來到海上與漂流團隊相會，兩艘船隻，一方平台，就在黑潮談黑潮。廖老師的女兒Olbee伸出手來，緊緊握住漂流的那隻手，曾經的迷茫、誤解，都在潮水中散去，我真的深刻地感覺到，大海可以把所有的人連結起來，因為當我們理解這片大海是無可對抗的時候，我們才懂得把握真實的當下，與人和解，也與自己和解。手握得久了，還是得攤開放鬆，抖抖揮揮，揚帆再見。褪去了喧譁，天空也失去了光彩，微微有風，大家一同陷入大海的迷戀，船上安靜的只有浪花絮語，夕陽西下，一日將盡，同時，一日又將開始。

船尾飄來牛肉香氣，此刻我已能再行吞嚥，但卻不敢索求太多，有香氣在肚子裡翻攪便夠了。船長打開聚魚燈，將白色甲板照得光亮光亮，我再次滑上船首前方的老位置，晃著晃著，視線又開始迷茫，我已無法分辨是暈了，還是累了。左舷不斷傳來伙伴們釣魷魚的收穫，還問我要不要釣釣看，我揚起手擺動兩下，再貼回甲板。耳邊的聲音漸漸停歇，夜又更沉了吧！在海上的時間感相當不準確，平時即便不帶手錶，也能大約估算時刻，但晚上幾次醒來都打亂了我的節奏，七點、十點、兩點、三點、五點，間斷地、被逼迫地翻身，左臂麻了，換右臂，兩手疼了，就正躺，看看夏季星空，那些星星的排列，彷彿是人體的穴道，從肩頸連至腰椎，特別突出的尾椎竟然還有意想不到的用途。

是在夜裡的緣故嗎？潮水的推擠似乎變得劇烈，望向四方，淡淡的霧氣隨著潮水襲來，甲板不只光亮，而且光滑，一個巨大的搖籃開始啟動，身體、足脛，連同尾椎，無能為力地抵抗，用關節敲打出海洋的節奏。

黑潮滾滾，不捨晝夜，我們不問他在何處，我們就在此處。

風勢愈趨愈大，午夜（或許是），我瑟縮在甲板的冰箱旁，盡可能避避風頭，也有幾次猶豫著，是不是要起身跨越黑暗，進入船艙，揀取一套被枕上甲板呢？我會不會因此感冒、失溫呢？腦中浮現起魯賓遜的形象，當他離開孤島，獨自漂流，似乎也沒帶上一床棉被，不也活得好好的，還是不拿了吧！但話說回來，《魯賓遜漂流記》不是一本小說嗎？可是，我們不就在小說裡嗎。

手有些顫癢，醒來，是一隻蛾。在陸上，我十分害怕飛行性昆蟲干擾我的睡眠，但這次我卻覺得浪漫——一隻蛾蜷曲在掌心，伴我入眠，我只是一根漂流的漂流木。

漂流——他們與海．在對話

◎林安

還記得第一次認真地去看海，是二〇一四年的那個夏天，我們一群孩子在老海人的引領下，默默無聲地觀察海的變化。老海人用他宏亮的聲音唱著原住民的歌曲——太巴塱之歌，身為孩子的我們在一旁默默地聆聽著。其實，我到現在仍不太明白，這首歌的含意是什麼，為何要唱這首歌？是感謝嗎？老海人對於海的敬畏與感恩是思念嗎？還是老海人對於海的無情與永懷？這個故事我想只有老海人他自己才明白了。

那年夏天，我跟在老海人的身邊，默默地學習與海的對話，我們在台灣的每個海域留下痕跡與腳印，在每一個無人的海邊試著與海對話，很多次我都想問老海人，海，他真的會說話嗎？但我知道會得到的答案也就只是他那似笑非笑的表情，自始自終，我仍然沒有與海對過話。

如果海會說話？他會用什麼方式說呢？我想如果他能說人話是再好不過了吧。

二〇一六年八月

跟著老海人一起來參加另一個老海人的計畫。怕有人覺得饒舌，我姑且將第一個老海人稱為蘇拖鞋，第二個老海人稱為廖老大吧。蘇拖鞋與廖老大是多年的老友，他們倆幾乎是同一時間開始接觸海，同一時間以海為家，蘇拖鞋與廖老大的相見，不像是多年老友般的和善熱情，對話起來反而像是兩個老頑固的勾心鬥角，表面言語熱情友善，語句背後的暗喻卻充滿爭鬥，誰也不讓誰的畫面，讓人看了十分逗趣。

漂流計畫

我想，有玩海的人看到漂流兩個字，腦中的畫面浮現的應該就是魯賓遜與卡拉漢這兩位人物了吧。一個是存在於小說裡的人物，一個是活在現實中的傳奇。相同的是，他們都因海而有了不平凡的一生。我與大多數的友人提起這樣的計畫時，得到的答覆大多是「我還能見到你嗎」之類的……

我想台灣人始終把海想得太過恐怖，想想祖先是如何飄洋過海來到台灣這個島嶼，再看看自己現在恐海的模樣，著實令人感到可笑，但也感慨……這樣恐海的我們，真的是海島的子民嗎？隨著時間的推進，就這樣，帶著疑問，我踏上了漂流這趟旅程，伴隨著親友們的疑慮與擔憂，出發去！

我永遠永遠記得，在登船的那一天，港口邊站滿了橘色流氓（喔！說是流氓太失禮了，是最偉大的人民保母才對），他們對我們的關心簡直到了一個無微不至的地步，我想這等貼心程度，連家母都自嘆不如了吧！一個一個的身家調查，心理狀況，身分核對，一旁還有攝影機側拍，隨時記錄著你的臉部表情與使用語句，這等好萊塢明星般的禮遇，原來不用當上大明星就能享受，還真是不錯。

生性浪蕩不羈的蘇拖鞋很不習慣這樣的高規格待遇，基本上是人問他東，他答西，跟一旁友善回答的廖老大呈現相當大的反差。我想他應該是流浪慣了，不太習慣受到這等太過貼心的照護，受關心時很不自在而已，絕對不是故意與我們最偉大的人民保母唱反調。

在漂流的日子裡，時間總是過得特別特別地慢，不曉得是因為大多數時間都在發呆，時間總像靜止不動般地停滯，我想這樣緩慢地進行，一定讓棋盤腳小姐感到相當不悅吧！

棋盤腳小姐的來歷非常有趣，聽說好像是師大的研究生，來做關於棋盤腳漂流的研究論文，其實論文什麼的我覺得對她而言已經不是很重要了……她心裡一定在祈禱著能趕快下船就好，我雖然接觸海沒多久，也看過許多會暈船的人，大多數都只是不舒服，然後在旁靜靜地坐著。

而棋盤腳小姐不是如此，她居然一上船還沒開幾海里就開始吐了！吐還不只一次而已，而是一天二十四小時基本上都在吐……如果不是船上沒啤酒，我還真以為她是不是在借酒消愁呀。怎麼有人可以吐得如此壯麗、波濤……

棋盤腳小姐一整天的生活差不多就是：抓兔子，躺在床上，抓兔子，微量進食，躺在床上，抓兔子……

第一階段五天的行程，就躺了五天直到下船……好幾次很想去和她說兩句話轉移一下注意力，不過她通常都只能回應一個字又開始抓兔子了。看著看著，連我都想去抓兔子了，還是離她遠點好了。

漂流的日子裡也不盡然是在發呆，很多時候還是有些工作可以做的。例如，確保筏體穩固，繩索是否綁牢，是否有東西流掉。有一次在做繩索確保的時候赫然發現浮台上居然有一隻雞！大家別懷疑，就是一隻雞，一隻卡在浮台上死掉的雞。我開始想像這隻雞的傳奇故事，牠是否也跟卡拉漢一樣地壯烈，在海上航海的過程中發生了意外，又或者牠是全世界第一隻會長途飛行的雞，在一次的亂流意外中墜機了，又不偏不倚地剛剛好撞到我們的筏體，連掉到水裡游泳的機會都沒有……真是隻倒楣的雞。

不過，不管這隻雞的故事多麼傳奇，都無法由我們去考證了，牠唯一留下來的證據，就是那臭到不能再臭的腐臭味，簡直與化糞池的味道有得比。一上平台，陣陣的腐味撲鼻而來，臭味熏到連我的眼睛都快睜不開了，天啊，這世上怎麼能有這麼臭的雞呀！

果不其然，在這味道的薰陶下，號稱海男孩的我也經不起折騰地出現了暈船症狀……廖老大見我這般模樣，便是手起刀落俐落地將雞拔起，迅速丟入海中，我也沒閒著，立馬拿著水桶裝海水猛沖，希望味道可以散去。可是這隻雞卡的位置有點奇怪，剛好卡在卡榫處……不知道牠怎麼卡進去的。廖老大拔起雞身時，雞頭還與雞身分離地卡在裡面，在太陽的曝曬下，雞的少部分肌肉組織還黏在浮台上，我與雞的眼睛對上，牠那奇怪的嘴型彷彿在嘲笑我沒看過死雞似的。該死的雞，連死了都那麼囂張……

在某個航行的夜晚裡，我又在與阿甘比誰釣的南魷比較多了。我一直很納悶，上帝怎麼可以這麼不公平，給了阿甘沖煮咖啡之神的能力（能在那麼晃的大海悠然自如地沖咖啡的人，我想也只有她了），又給她吸引南魷的荷爾蒙素，經由這艘船的小船長調教後，南魷就不斷地不斷地被她釣起，而我卻一隻都沒有釣成功，好幾次在上鉤後，拉上來又都脫鉤。奇怪，我是用釣具，她是用手拉，為什麼我會脫鉤而她卻不會！？這真是沒道理呀！鬱悶的我決定今日先提早回艙休息，好漢不吃眼前虧。

休息的途中，外面突然多了好多好多的聲音，有驚訝，有嘻笑，有讚歎，有大叫，好奇的我也跟著出艙去一窺究竟，一出艙，我整個人被震住了，像是電影裡才會出現的場景在我眼前出現了！

天上的海鳥在空中徘徊，水裡的海豚在水中追逐，因為光源而吸引來的浮游生物與昆蟲成了食物鏈的最下層，南魷與飛魚為了想吃浮游生物在船的周邊徘徊，海豚與海鳥因滿滿的食物而被吸引過來，真實上演動物星球的片段，時不時船旁邊的一隻南魷被海豚吃掉了，時不時我眼前又飛過一隻海鳥在掠食著昆蟲。這樣的畫面，是我們不曾想像過的，原來晚上的黑潮，也有著他不平凡的熱鬧夜。

航行的第四天，漂流速度似乎比我們想像中的快，轉瞬間便來到了花蓮靜浦秀姑巒溪出海口，或許是東北季風來臨了吧，又或許是日本那兒有颱風經過，海面湧起了陣陣長浪，船上本來身體還好的一些伙伴，也開始出現了暈船的症狀，我也不例外，不過我的演技還是很到位的，並沒讓人看出破綻，蘇拖鞋還說大家都滿到脖子了，你還不錯嘛（哈哈哈哈，我生怕露出一點破綻，兔子可能就從耳朵跑出來了）！

聽船長說我們昨天就已經到了花蓮靜浦，不過經過了一晚卻一點也沒移動，這似乎打破了我們對於黑潮是恆速的概念，看著陣陣長浪，開始有些擔憂我們的筏體是不是真的能撐得住這樣的大浪，是不是該提早返航比較安全。

這時蘇拖鞋與廖老大又開始爭執了，蘇拖鞋主張把筏體留在海上，反正筏體上有GPS，第二梯出海的時候再來找他就好了（這個乍聽之下有點天方夜譚，但其實我還滿認同的，就是冒險嘛！我最喜歡冒險了），廖老大則主張我們把船拖回去，以策安全（我想廖老大這麼注重安全的人，肯定連想都不敢想蘇拖鞋的提案吧）。

兩人的言語一時不合，便陷入了冷處理畫面。

兩位年紀加起來都破百的傢伙，怎麼連冷戰都還是這麼可愛呀！哈哈！

接近中午，長浪似乎比較沒那麼大了，我與廖老大還有阿嗚決定，還是去加強一下筏體避免它解體來得好，說著便帶上備用的繩具上筏體加固，雖然長浪沒有那麼大，但在小小的筏體上，起伏感覺還是很明顯。

阿嗚是海大的學生，也是跟我一起在蘇拖鞋家當沙發衝浪客的伙伴，只是我們衝浪的時間都比別人還要長很多很多很多。阿嗚一上船時就跟我說他會暈船，但沒有到很嚴重，我心想：你不是未來要跑船的嗎？會暈船怎麼跑船？不過剛上船的幾天都還好，沒有出現太大的症狀，頂多躺著休息而已，他與我一樣，基本上在船上的工作就是筏體維護。

今天的長浪特別大，他的臉色看起來很不好，一上方筏我們便開始了各自的工作分配，我們先把設計非常失敗的遮光棚拆除。它真的有點失敗，當初沒想好，裝上去後遮光效果極小，但卻又占了很多很多空間，很艱難地拆除後，我們開始做筏體的繩索加固。好景不常，在加固作業沒開始多久，阿嗚就趴在筏體旁，看著大海做勢要吐的樣子，我沒多加注意，想吐一吐就沒事了吧，誰曉得他一趴就趴了十幾分鐘，我心想不對，又過去看了看他，他依然是那一號表情，做勢要吐的樣子，但十幾分鐘過去了，他始終沒吐出東西來。這時，在戒護船上的蘇拖鞋叫我用力地拍拍阿嗚的背部，我照著蘇拖鞋的話拍了兩下，不拍還好，一拍……嘔嘔嘔嘔……

一堆兔子從阿嗚嘴巴中溜出，像是積怨已久的黃石噴泉噴發一樣，一發不可收拾，我的天呀，那兔子的味道與被兔子感染的油汙海面，讓本來就有點暈了的我一看更嚴重了。

忍住不看，但刺鼻的味道仍陣陣牽動著我的胃。五分鐘後，換我掛了，吐得唏哩嘩啦，眼淚、鼻涕直流。好久好久沒有那麼難受了。

在我吐的時候，船上的人居然還有閒情雅致地在那兒拍照、談笑風生，拜託，嘔吐的畫面有什麼好拍的呀！我趕緊跟他們說別拍了，快送罐水來吧，好想趕快把這個味道給洗去。這時蘇拖鞋才丟了罐水給我，總算他良心還在。吐完後的我頓時覺得好多了，暈船的症狀也減緩了不少，人家說吐一吐就沒事了，果然是真的，不過我看阿嗚依然倒在那裡呢，奇怪……

解決了一切不舒服的症狀，做起事來有效率了不少，無論是筏上還是水下的作業，都變得如魚得水，不一會的時間便完成了加固作業。中午，長浪似乎沒那麼大了，我們決定把做了很久卻一直沒有掛的旗子掛上筏體，象徵著黑潮漂流計畫的進行。或許是浪沒那麼大了，天氣比較好了，蘇拖鞋與廖老大海童上身，兩人一個接一個跳進海裡，許多人也一起開始玩鬧，深潛的深潛，跳水的跳水。我拿著借來的防水相機在水中不斷地拍攝，不管是筏體下的熱帶小魚，還是早餐吃剩下的清粥倒入海中好像是珊瑚礁產卵般的畫面，又或是某某某又大了個大便從排水孔排放出來噴發的樣子，怎麼拍都好美麗（大便的畫面其實只要別想成是人的大便，心裡都會好過些……）

黑潮的水，好溫暖，清澈見底的程度，連潛水下去十五米深的水下攝影師都清晰可見。錄影的畫面不斷閃過在水中優游的蘇拖鞋與廖老大，經過畫面時，還會時不時地在畫面前做鬼臉，在水下玩累了，我爬上筏體，享受一個人在筏體上看著大海的感覺。

海水湛藍，海鳥四起，我們的祖先真的就靠這樣的浮體漂洋過海，征服了整個太平洋？在漂流之前，我始終認為這是一個謬論，一個小小的浮體究竟如何順著海流漂洋過海地到下一座島嶼？但當我在這筏體上感受著這一切時，突然覺得，好像真的可以就這樣一直漂下去，我想我們的老祖先也沒想過自己這樣漂會漂到那裡去吧，就是帶著足夠的糧食與水，順著海流就出發了（冒一點險得到更大的機會，這是海洋精神很重要的意義）。

廖老大講的這句話運用在這個航程裡頭，再貼切不過了。在筏體上，我試著再次與海對話，我躺在平台上，把手放在海面上，隨著海流流動，海水隨著湧浪高高低低地從我的指縫間來回穿梭，時不時一個稍微高的湧浪打在筏體上，我的臉頰被海水潑的微涼微涼。海浪的聲音不斷在耳邊盤旋，那樣的感覺，好舒服。若海會說話，他會想要說什麼呢？

午後的豔陽，因為已經拆除掉遮陽棚，所以不再適合一直待在方筏上，我依然拿著廖老大的釣竿，在船舷邊上垂釣著，期待著下一隻的鬼頭刀上鉤，想像著自己能像書裡討海人與鬼頭刀相互競技的畫面。但想像總是美好的，等了兩三個小時始終沒有鬼頭刀上鉤，反倒是太平洋上特有的剝皮魚一直偷吃我的餌，因為牠的嘴巴很小又很利，能一小口一小口地咬掉餌而不吃鉤，等我回過頭來餌就被吃光了……真可惡……

一旁的蘇拖鞋似乎看不下去了，他可能沒辦法想像怎麼有人可以那麼衰吧！釣了那麼久都釣不到，這時他觀察到這隻剝皮魚看起來好像笨笨的，似乎只會注意眼前的餌而已，於是，我們想了一個妙招！

說是妙招好像也不太算，應該是連白癡都騙不過吧，這妙招就是，我把魚線放離水下一點點而已，爾後蘇拖鞋拿著網子在我的餌下待命，結果那群笨笨魚居然還是來吃餌了。我的天呀，怎麼有那麼天真可愛的生物呀，我們小心翼翼地引誘著，等待著笨笨魚的自投羅網，看準時機，一拉！

剝皮魚看著我，我看著牠……還真的被我們抓上來了。船上的伙伴接二連三地來看這條魚，這條魚突然變成明星般讓記者們一個一個地拍著照，那無辜的臉彷彿還在疑惑，現在是怎麼了？而我們這兩個傻漁夫還在一旁接受採訪沾沾自喜。

蘇拖鞋：「沒有啦！我也是嚇到了，唉呦！怎麼突然就抓到了。」

我：「小意思小意思，請叫我海男孩？」

廖老大拿著這條魚，然後把牠的眼睛對著我們說，你好好看，他們就是把你騙上來的主嫌跟共犯，記好他們的臉了！一群人因為一隻剝皮魚的上門，又開心了一整個下午。

漂流的第五天，今天清晨浪況又變得不好了，而且我們始終沒有移動，因此我們決定先返航花蓮港，避免第二梯次的人沒辦法登船。登岸，岸上的歡迎大隊聲勢浩大，彷彿像是場嘉年華似地熱鬧。沙士、西瓜汁等紛紛送上，話說我們還沒完成航程呢，會不會太早慶祝了？！哈哈！我左顧右盼……並沒有盼到她的身影，我以為她會在岸上呢，可惜……

第二梯次的漂流，登船的時候，發生了一些鬧劇，本來是開開心心的出航，卻變成了水下的打撈大隊活動。還沒發船前，我跟阿嗚可能是還在暈陸吧，居然在搬運氣瓶的時候把黑糖導演的一支氣瓶沒拿穩掉進海裡，全部人都傻眼了。對於我們這個預算極度不足的團隊來說，瞬間噴五千元的數字是我們沒辦法想像的，在我與阿嗚的極度自責下，本來團隊想要放棄這支氣瓶了，不過我與阿嗚總覺得過意不去，本來想要自己下去打撈，但沒裝備的狀況下，在伸手不見五指的海水裡要打撈一支氣瓶實在很困難，所幸我跟阿嗚都很確定氣瓶掉落的位置在哪。團隊嘗試了第一次的打撈作業，拉拉繩代表往上拉的暗號，在第一次的打撈就成功找到了氣瓶，在水中拉感覺像是沒有重量般輕鬆，真搞不懂我們是在暈什麼。

在第二梯裡，原本狹窄的船艙走道突然寬裕了起來，哈哈哈……因為平常走道都有棋盤腳小姐躺在這呀。第二梯的人似乎沒有像棋盤腳小姐那麼會暈的傢伙了，除了一個叫幼咪的東華學生很會吐之外，不過她跟一般人的暈船有點不同，她說他不會暈但會吐，挖靠，這是什麼神理論。看她一直一直吐，不過表情仍然輕鬆自在，好像抓兔子就跟喝水一樣平常似的。好吧，這已經超出我理解的狀態了。

幼咪是來頂替湄秀的位置的，負責記錄ＧＰＳ、海水溫度、船體狀況等等。說到湄秀就不得不介紹她，湄秀是一個很酷的大姊，抽著自己捲的菸，身上有吃不完的蜜餞，為什麼要帶那麼多？她說怕暈船，可是我很少看到她吃。湄秀是我們船上唯一可以對外聯絡的人，是唯一，真的只有她可以……為什麼？全船的人都沒有網路只有她有……一格……而且全船的人只有她是遠傳。原來只有遠傳沒有距離是適用在離台灣本島七、八海里遠的距離效果最佳呀，太扯了……

原本的棋盤腳小姐離開後，換了一位她的老師來，長得高高帥帥的，很陽光，走在路上感覺會讓人嫉妒的那一種，除了幼咪跟棋盤腳老師外，最讓我感到興奮的就是我的偶像之一，許悔之老師也上來了！天哪，那文謅謅的形象，談笑風聲的言語，琅琅上口的詩詞，他在我心中簡直就是一個完美的文人。原來……這一切的一切都只是假象……全部全部的幻想都被一個一個消滅了……講話有點臭屁，有點愛面子，有點喜歡抽菸，有點愛罵髒話，有點愛出風頭……明明就暈船了還要硬稱說自己沒事……不能丟臉……（悔之老師你看到別見外，我這個人講話有點直接，以後出船少喝點沙士）跟我心目中的悔之老師簡直天差地遠……我的媽呀……這實在太真實了……還是我還在做夢……說好的文人呢？說好的氣質呢？

好吧，文人也是人，也是有情感、真實的一面。雖然跟我的想像是落差了不少，但他仍在我心中有著那無可動搖的地位。或許吧……

船舶正在黑潮外海等待著，等待著媒體船與贊助者的見面。在海上見面，夠酷了吧，我對於一些媒體的還是贊助的事情沒有什麼太大的興趣，依然拿著廖老大的釣竿，坐在船舷邊仿效姜太公，期待下個上鉤的笨蛋，突然耳邊聽到有人在叫我的名子，是媒體船上傳來的聲音。奇怪，平時低調的我應該是不會有人特別來看我吧。等到聲音又出現了兩三次，我很確信是真的有人在叫我了，仔細一看，喔，是她呀，我本來還以為她已經出發去台北了呢。

看到她來看我，鼻頭難免一酸，她帶了褲子來找我了，這小笨蛋……跟她開開玩笑她還真的拿褲子來呢。無奈船與船之間不能靠得太近，我們始終不能近距離見面，好像牛郎跟織女喔，哈哈……一邊是廖老大跟他女兒的海上握手，一邊是我與她的心靈呼應，同樣的是我們的眼眶都被大大的感動而模糊了視線。

或許是上一梯一成不變的伙食大伙都吃不消了吧，這一梯的伙食補給比上一梯好很多很多很多！有泡菜，有三層肉，有泡麵，有蔬菜，有咖哩……基本上大家平常吃的都有了！好感動呀，終於不再是早上吃稀飯，中午吃麵條，晚上喝牛肉湯滷肉飯的日子了。

料理全都有由木一掌廚，木一是印尼籍的船員，話不多，抽菸的樣子很帥，笑起來的樣子也很帥，喜歡窩在船艙裡看電影，跟女友視訊。雖然我知道外籍船員在台灣船上領的錢不多，但我覺得木一很知足，有一次阿嗚拿了一包菸給他，他開心得不得了，離開時我把沙士都送給了他，他那開心的笑容讓我難以忘懷。嗯，他是富有的。

因為木一不會講中文，所以有時候我們都在雞同鴨講。有次我拿了印尼炒泡麵給他，問他會不會炒，我還做了翻炒的動作給他看，他跟我比ＯＫ，很且動作還比得好像自己就是專家一樣，結果他把我的炒泡麵拿去煮湯了。你不是跟我說你會炒的嗎？怎麼變成湯的了？為此我難過了好久，我的印尼炒泡麵……

題外話了，或許有人會問這樣的餐有什麼不好？其實我們一開始也覺得很好啦！只是一連吃了五天，每餐的味道、口味、菜色都一模一樣的時候，真的很恐怖。有幾餐我幾乎都選擇少量進食了。或許是我們過得還不夠苦，所以這樣一成不變的生活仍然不夠習慣吧。老船長說，以往他們出船就是帶一些家裡滷好煮好的東西，不容易壞的，到船上再加熱，每次都是帶一大鍋，所以每天都會吃的一樣，很習慣了。好吧，看來是我的覺悟還不夠，還需要多加學習學習。

或許是食材真的太多了，有點燃起我的廚師魂了！成為香吉士也是我的小小夢想之一呀！海上的廚師，多帥呀！看我手起刀落手起刀落！俐落地完成料理，大家看著餐桌上豐富的菜色，那驚訝表情，光用想的就很爽。拉回現實，總是殘酷的……在搖晃劇烈的船體上，要做料理還真不是一件容易的事，切菜時一定要慢要小心，不能像在自己廚房裡那樣輕鬆隨興，必須非常非常地專注，不然下一秒就不知道刀是在菜上還是在手上了。

原本只要一個小時就能備完的料，足足備了快要三個小時。天啊，說好的帥氣香吉士呢？

能夠在三個小時內備完還真多虧了我的偶像的一個神救援呢。悔之老師在我慢慢備料的途中，突然問我：大廚，請問我們六點可以準時吃飯嗎？……

雖然我知道老師是在跟我開玩笑，但也激起了我對於料理的堅持。

就算做的菜好吃，客人等不了也沒有用，而且我也最討厭讓人家等我了！於是我又開始手起刀落手起刀落！在最後一小時做了一個加速衝刺！所幸，我的手還在我手上，菜也都備好了，萬幸萬幸。不過以為菜備好了就可以放鬆了嗎？如果真是這樣想那真的是大錯特錯了！在海上炒菜更是一門學問呀！你必須穩穩地站好不被船的晃動影響之外，因為走道空間有限，還要時不時地讓人通過；船上沒有抽油設備，做中式料理時整個油煙往上瀰漫，我終於知道為什麼他們不在船上好好做菜了，這真是太痛苦了。我本想開個窗讓空氣流通一些，結果一開窗，風像是找到了一個突破口似地迎面而來，鍋裡的油跟煙全都往我身上噴，噴得我滿臉滿身都是油，好狼狽呀……漫畫果然都是騙人的……

最後我出了一道炒米粉、一鍋時蔬咖哩、黑輪冬瓜湯、韓式烤肉、韓式生菜沙拉、炒高麗菜、柳丁切盤。做為一個廚師，我盡我所能想讓這整個航程做一個最完美的ending，看著大伙心滿意足地吃著料理，停不下的嘴巴，悔之老師的讚美，一切都值得了。

吃完了晚餐後，我們開始進行了最後的行程，我們已經漂到宜蘭了，本來還想繼續漂下去的，但老船長下午跟廖老大討論後，說明天可能會有鋒面來，再繼續漂下去可能會有危險，經過一番討論，我們決定晚上返航。在返航前，我們要把廖老大再做一次放逐，這一次是晚上的放逐，我們讓廖老大上筏體，把筏體放得老遠，藉由空拍機拍攝廖老大在筏體上的生活。看著廖老大漸漸遠去到幾乎看不見，現在的時間是屬於廖老大與大海的，他們在對話了。看著廖老大的背影，讓我想起了二〇一四年與蘇拖鞋相遇，我經常看著蘇拖鞋望向大海的樣子，若有所思若有所悟，時常就這樣一個人看著海看了一整個下午，有時我也會跟他一起望向這片大海，期待自己也能與海對到話，或許是自己耐性不夠吧，經常看沒幾分鐘便想去做別的事，所以一直沒有領悟何謂與海對話。

或許每個人與海對話的方式都不太相同，但廖老大跟蘇拖鞋選擇的方式是一樣的，那就是靜默與感受，我想只要全心全意地去感受海的呼召，海自然會用他的方式來回應你，無論是浪濤的聲音、海流的聲音、空氣中淡淡的海水味，都是海用來回應他們的方式，而他們就是全心全意地去感受，去體會。

我還沒找到屬於我跟海對話的方式，所以我很羨慕他們，與海對話的感覺很美妙吧！

是啊……一定會很美妙的。

一艘巡邏艦靠近，喔，那是我們偉大的人民保母前來關心我們了，被他們打斷思緒的我顯得有點煩躁，來打擾也不看看時間。所幸這次保母並沒有太多的關切，只說了句一切小心便離去。恩，果然我也比較喜歡這種沒有太多關懷的生活，顯得多麼地安靜舒適呀！

海巡的離去讓黑糖導演有了個邪惡的念頭，黑糖導演要求廖老大全身赤裸地在平台上……我說這是什麼惡趣味呀，一個活過半世紀的老海人全身脫光光的到底有什麼好看的（這一切只是我的淺論，不代表大眾意見，說不定有廖老大的鐵粉這一生就為了等這一刻呢）。廖老大很配合地脫去身上的衣物，還站著直挺挺的……就差沒轉身了……我擦這也太配合了……最後在眾人的嘻鬧聲下，結束了這場鬧劇，再演下去就要妨害風化了呢。

回程的路上下起了大雨，颳起了大風，老船長果然是對的，天氣轉變了，我看著被強烈拖著的筏體，暗暗擔憂著它熬不熬得過這一劫，畢竟浪開始變大了，老船長又以高速的船速拉著筏體，以往我都不敢站在拉筏體的繩索太近（因為我一上船就被阿鳴恐嚇說，海大有一個人就是因為在站在船上，船在拉東西時，靠繩索太近，結果繩索斷了，整個人被腰斬……挖靠，這是幾噸的力量打在你身上呀，想都不敢想）。

但這次的我為了好好地看著筏體走完最後一程，我選擇了坐在繩索的旁邊靜靜地看著它，小船長或許是看出了我的擔憂，靜靜地走到一旁跟我一起凝視著，他跟我說他很喜歡看海賊王（額，海賊王？），他記得有一幕，黃金梅利號被燒掉的那一幕，那艘船發出了聲音，它完成了他的使命。小船長相信，每一艘船都有他的靈魂，所以這艘船在完成它的任務之前，不會輕易解體的，說完便離去，留下了眼眶泛紅的我。

快要到岸上了，大伙罕見地全部都聚集在同一個甲板上，或許是天氣實在太惡劣，其他的甲板處根本無法站人的關係嗎？大家收拾好行李，不斷地拍合照，有的人嬉鬧，有的人與我一樣看著筏體，悔之老師一樣在那邊抽著他的菸（老師，你真的要少抽點呢），廖老大罕見地跟悔之老師要了一根菸，我們大家都非常驚訝，原來廖老大會抽菸，連多年好友的悔之老師都嚇到了。

廖老大其實戒菸很久了，但或許是這次的漂流又讓他想起了什麼吧！這故事只有他自己知道了，這裡我只能跟你說，一個老海人抽菸的樣子，真的超帥的。

抵達花蓮港，大風大雨似乎沒有阻撓岸上依然盛大的歡迎團隊，大伙急忙地趕快把隨身裝備用傳遞的方式放到岸邊沒有雨的地方，一、二十個人一起傳遞物品的畫面，還滿壯觀的，東西都咻一下地就到岸上了，跟上船時搬得要死要活的畫面落差真大。東西都搬完後，我們與老船長、小船長、木一依依不捨地告別。

這裡發生了一點小趣事，因為木一跟我們睡在一起，我們以為船艙裡全部的行李都是我們的，快速地傳完後，在認領包包的時候發現有一個包包不曉得是誰的，都沒人認領，這時木一趕緊跑下船來大喊「我的我的！」真是一趟旅程下來鬧劇不斷呢！哈哈哈！我們居然差點把人家的家當都拿走了，老船長他們接著還要趕回基隆，如果我們把木一的行李拿走，他應該會有一個禮拜都笑不出來吧(手機、錢包、證件什麼的都在包裡)，哈哈哈哈！

風雨漸停，我們把方筏移動到大橋舟倉庫水道，這個水道真的超滑超臭的，一個沒站穩就會跌倒。放置好方筏後，看著筏體一一想起從試船到拼裝，從漂流到回港，滿滿的回憶與趣事湧上心頭，很多人都說我從黑潮回來除了變黑之外好像沒什麼變，但我覺得除了變黑以外，我應該也有改變些什麼吧！雖然我仍然沒找到與海對話的方式，但我想他已經聽到我的呼召了。

雖然沒有像卡拉漢那般傳奇的經歷，但這次的旅程卻也在我心中立下了一座新的里程碑，期待下次能成功地與海對話，那又是一個故事的開始了。

最後，想用幾句簡短的文字來描述這趟旅程的心境：

無論我身處何方
你依然在那
在城囂中漂流的我
不會離去
直到與你對話
我才明白
逝去的我也終將回到大海與潮流的懷抱

漂流計畫是以原始念頭、以簡單筏具，漂流於原始的曠野大海

攝影／陳冠榮

出發前，漂流團隊在花蓮港合影（上）；組裝方筏，趕在天黑前將方筏拖至黑潮（下）
攝影／王義智（上）、陳冠任（下）

繫著漂流訊息的玻璃浮球（上）；搭載著象鼻蟲的棋盤腳果實（下）
攝影／金磊

蘇帆夥伴林安和張原鳴負責海上獨木舟接駁任務
攝影／陳冠任

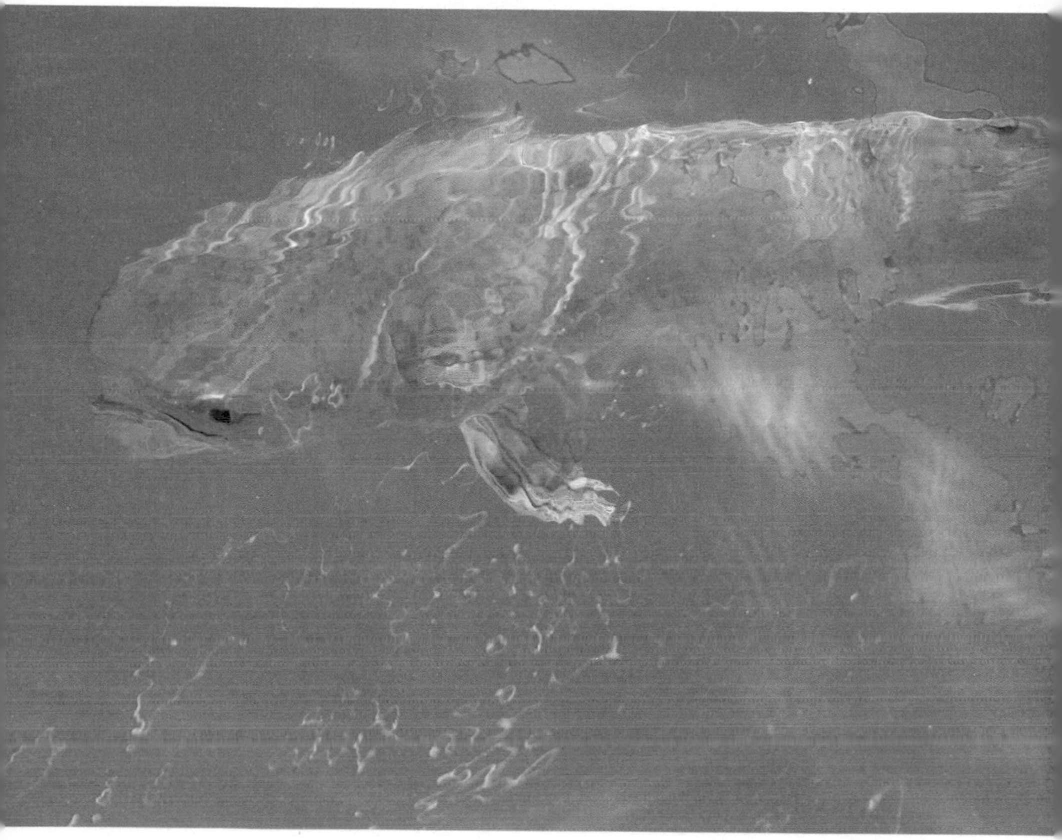

漂流期間，第一隻來到船邊打探的鬼頭刀
攝影／陳冠任

一隻白腹鰹鳥繞著方筏盤旋，伸手招呼
攝影／何孟潔

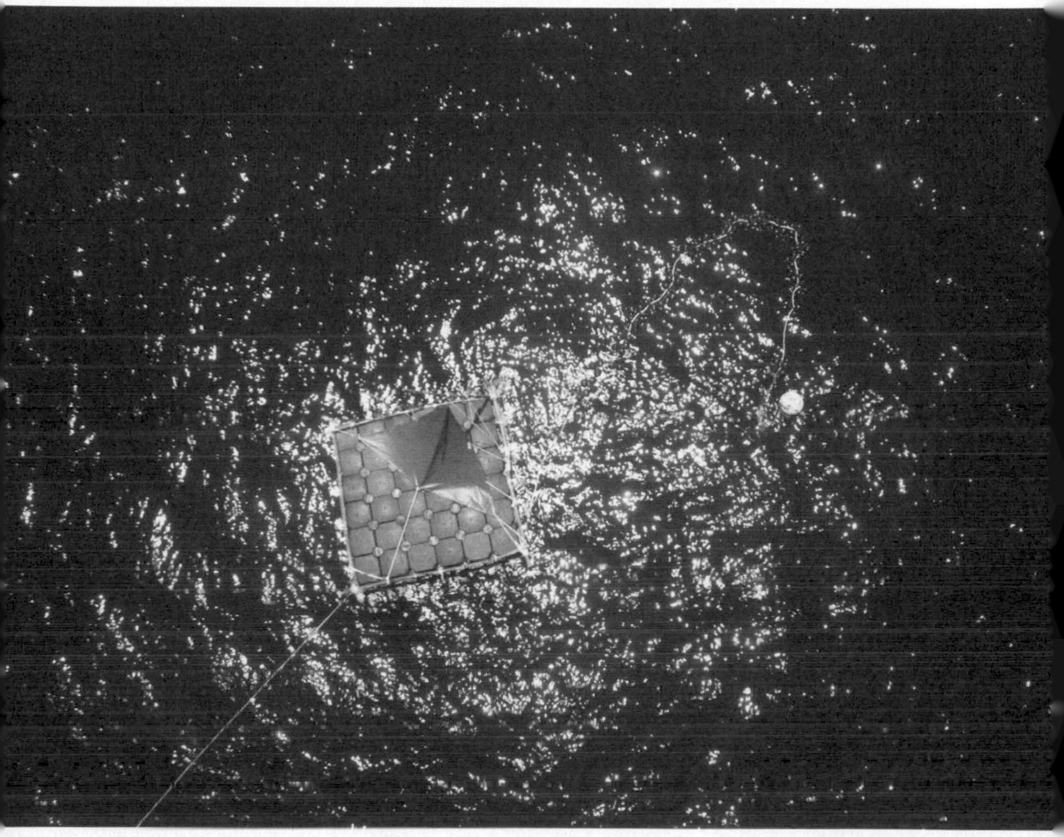

漂流好像沒有眼見為憑這回事
攝影／張皓然

方筏上，除了一根旗杆，一頂遮陽帆，一切空無
攝影／張皓然

夜裡遇見一群由海鳥組成的漂流隊伍（上）；水中優游的蘇拖鞋與廖鴻基（下）
攝影／張皓然

海上經驗豐富的拖鞋教授測試海上放風箏（上）；廖鴻基甩竿，教大家海釣（下）
攝影／陳冠任

孤島書房，伏貼於海，濤聲漾漾，海風滿懷
攝影／張皓然

華國189號，黑潮漂流計畫的守護船
攝影／張皓然

大家在黑潮上，手工縫製出的黑潮漂流旗
攝影／陳冠任

紀錄片攝影師張皓然跟著上方筏感受黑潮漂流
攝影／何孟潔

熟悉的海洋，遠方灣岸上熟悉的家鄉燈火
攝影／張皓然

黑糖導演與廖鴻基（上）；入夜風浪加大，但釣南魷大賽熱力不減（下）
攝影／張皓然（上）、陳冠榮（下）

一隻剝皮魚上門（上）；食材盡出，海上漂流的最後一餐（下）
攝影／張皓然

廖鴻基與許悔之
攝影／張皓然

父女兩人在黑潮上奮力一握，有支持、理解和包容，一如海洋
攝影／陳冠任

夜裡，海豚來參與盛會
攝影／張皓然

困擾一輩子的拘謹，宛如順過筏邊的浪流

攝影／金磊

這輩子最值得拿出來談的，就是這些浪漫、漂泊、流浪和漂流的故事
攝影／張皓然

附錄二 漂流團隊 協力伙伴 與贊助

海上伙伴

蘇達貞、許悔之、廖鴻基、金磊、陳玟樺、甘秋素、陳冠任、黃湄琇

陳冠榮、何孟潔、呂允中、馬幼蜜、張原鳴、林安、黃嘉俊、張皓然

陳逸庭、林仲平、葉鏸瑩

後勤伙伴

陳雅芬、黃嘉皓、王義智、王樂怡、蕭婷維

黑潮海洋文教基金會以及蘇帆海洋文化藝術基金會志工群

船航及相關資訊支援

蔡豐正船長、蔡學廣船長、吳全修船長

吳世宇船長、陳永鑫船長、江文龍船長

衛星航跡紀錄設備及技術支援

行政院農委會水產試驗所東部海洋生物研究中心

玻璃浮球編綁教學

江清溪船長、許光輔

方筏材料提供

台灣玻璃館、蘇帆海洋文化藝術基金會

漂流訓練及會議場地提供

蘇帆海洋文化藝術基金會、多羅滿賞鯨公司、黑潮海洋文教基金會

計畫主辦

黑潮海洋文教基金會

計畫協辦

蘇帆海洋文化藝術基金會

有鹿文化事業有限公司

台灣玻璃館

黑糖媒體創意有限公司

網路基因資訊股份有限公司

貝殼放大股份有限公司

大尺建築設計+郭旭原建築師事務所

多羅滿賞鯨公司

計畫發起及主持人

廖鴻基

《黑潮一〇一漂流計畫》贊助者

大尺建築設計＋郭旭原建築師事務所黃惠美、郭旭原、邵瓊慧、蔣勳、林懷民、敦煌藝術中心劉芝蘭、吳明益、郭思敏、林文月、林仲平、林永富、林蕙姿、蕭義玲、劉俊廷、林慧琪、聯合文學雜誌周玉卿、黃庭鈺、顏薰齡、陳念萱、朱全斌、黃瑞明、林孟萱、網路基因施俊宇、何航順、吳妮瑾、陳雅芬、許淑麗、環科工程顧問股份有限公司、李默父、辛水泉、陳建宏、泰昇工業有限公司陳貞造、台東海洋之友、沈彥伯、郭春松、郭秋時、新竹市故事協會謝芳伶、吳志浩、中大壢中六六屆三〇三班師生四十五人、陳素梅、李育欣、石昆牧經典茶文化、廖應語、陳明柔、陳健邦、春龍興機工具有限公司、黃鳳鈴、曾惠芸、廖月秋、顏智英、吳智雄、陳妙如、陳曉萱、劉增雄、張英方、李及文、賴淑慧、劉子韻、胡雲鳳、林晏旬、許惠如、許悔之。

衷心感謝，所有贊助者，計畫主辦、協辦單位，所有協力伙伴，你們為海洋台灣留下一筆深刻的海洋探索紀錄與榮耀。

黑潮漂流

看世界的方法 131

作者　廖鴻基

攝影提供　張皓然、金磊、陳冠任、陳冠榮、何孟潔、陳玟樺、王義智
封面設計　兒　日
責任編輯　林煜幃

董事長　林明燕
副董事長　林良珀
藝術總監　黃寶萍
執行顧問　謝恩仁

社長　許悔之
總編輯　林煜幃
副總編輯　施彥如
美術主編　吳佳璘
主編　魏于婷
行政助理　陳芃妤

策略顧問　黃惠美・郭旭原・郭思敏・郭孟君
顧問　施昇輝・謝恩仁・林志隆・張佳雯
法律顧問　國際通商法律事務所／邵瓊慧律師

製版印刷　中茂分色製版印刷事業股份有限公司

出版　有鹿文化事業有限公司
地址　台北市大安區信義路三段106號10樓之4
電話　02-2700-8388
傳真　02-2700-8178
網址　www.uniqueroute.com
電子信箱　service@uniqueroute.com

總經銷　紅螞蟻圖書有限公司
地址　台北市內湖區舊宗路二段121巷19號
電話　02-2795-3656
傳真　02-2795-4100
網址　www.e-redant.com

ISBN：978-986-95960-1-5
初版五刷：2022年11月10日

定價：330元

國家圖書館出版品預行編目(CIP)資料
黑潮漂流／廖鴻基著. 一初版.
一臺北市：有鹿文化, 2018.2
面；公分.一(看世界的方法；131)
ISBN 978-986-95960-1-5 (平裝)
855　106025192

本作品由財團法人國家文化藝術基金會贊助創作

財團法人
國家文化藝術基金會
National Culture and Arts Foundation
NCAF